흰여울길

이보라 장편소설

청어

흰
여
울
길

작가의 말

도는 경계에 있고 길은 사이에 있다.

봉래산에서 영도바다로 사람이 낸 비탈길이 〈흰여울길〉
이다.

산꼭대기에서부터 흐른 물이 바다에 닿기 위해 자연히 거
쳐 가는 길이다.

이 소설은

등산하지 않는 나를 정상까지 오르게 하신 봉래산 할매와

내 상상력의 원천인 부산바다의 갈매기 소리가 썼다.

내 바른쪽 정강이뼈 아래에 '천상 부산갈매기'란 낙인처럼

날 때부터 박혀있는 갈매기 모양의 점은,

자유의지로 높이 날아올라

사람의 눈 너머 보이지 않는 삶도 조망 중이다.

차례

6   작가의 말

8   주요 등장인물

13   노란 수건

25   영도다리

49   자갈치

67   봉래산 할매

83   니밖에 없다

101   한울식당 업둥이

123   축제를 짓는 사람

133   첫 번째 편지

149   마도로스파이프와 롤렉스시계

167   두 번째 소식

183   무지개전사와 틀라팔레

197   가로지르며 허물며

221   보이지 않은 이야기

235   끝과 시작

주요 등장인물

이영도: 마도로스. 존재는 있으나 실체가 없는 아버지. 금순이와 결혼하고 남태평양으로 고기잡이 떠난다.

영도댁: 금순이. 검정고시 합격 이후 대학생이 되고 싶고 시인이 되고 싶어 한다. 이영도를 만나 그의 아내가 된다.

영선이: 영도와 금순이의 장녀. 대학에서 이벤트 기획을 전공했고 '축제를 짓는 사람들'이라는 명칭으로 영도다리 밑에서 도개(道開) 행사를 진행한다.

제주댁: 자갈치 한울식당의 원래 주인. 오랫동안 이영도를 오빠라 부르며 사모한다.

영주: 이영도의 장남. 해양고등학교를 졸업한 청년 백수. 국제 환경 보호단체 그린피스(Greenpeace)를 동경한다.

김씨: 자갈치 공동 어시장 관리인. 늙은 총각이다. 중개수완이 좋고 영도댁과 살고 싶어 한다.

순천댁 부부: 영도댁 옆집에 살고 있는 부부. 늦게 얻은 무남독녀 선미의 부모이다.

선미: 순천댁 부부의 외딸. 영주의 소꿉친구이다.

영도다리 건너 외국어고등학교를 다닌다. 정신치료가 필요하다는 진단을 받게 된다.

아이가 석: 남태평양 사모아 섬의 청년. '툴라팔레'가 장래희망이다. 형제 찾아 영도로 온다.

봉래산 할매: 오랫동안 봉래산꼭대기에 살아서 봉래산 할매라 불린다.

영선이가 아홉 살 때 영도다리 밑에서 만나게 된다.

그리고…… 또,

화자(話者)

오이소, 보이소, 사이소~

그 목소리가 잠길 무렵은 날도 저물 무렵이다.

오늘은 자갈치서 더 팔 것 없어진 영도댁이

다리(bridge) 건너 '흰여울길'로 접어든다.

해풍에 노란 수건이 손짓처럼 나부낀다.

종일 빨랫줄에 널려있다 일몰에 붉게 물들어가던 수건 한 장이

제일 먼저 그녀를 알아보고 펄럭댄다.

"그 사람은 오늘도 집에 닿질 않았나 봐……."

이십 년이 넘도록 중얼거려, 이제는 습관이 된 혼잣말이다.

영도댁은 악착같이 수건을 물고 있는 빨래집게를 고쳐 꽂는다.

오늘을 건너 어제처럼 내일에 닿을 것이다.

흰
여
울
길

노란 수건

　해 떨어지는데 엄마 그 수건 한 장은 왜 늘 안 걷어? 영선이는 철드는 무렵부터 집 앞에 널려있는 노란 수건을 궁금해하며 여러 번 물어왔다.

　너거 아버지 행여 집 못 찾아올까봐 널어둔다. 영도댁이 그리 대답하면 영선이가 재미있다는 듯 킥킥거리다 목소리를 가다듬고 짐짓 장녀답게 대꾸했다.

　엄마, 우리 아버지가 뭐 어린앤가? 집을 왜 못 찾아와요. 그러면 영도댁이 다른 답을 내놓았다.

　죄 많은 사람이지만 다 용서했다는 뜻이다. 영선아, 외국 어느 곳에 전해 내려오는 이런 이야기가 있단다.

　한 사내가 오랜 감옥살이를 끝내고서 버스를 타고 돌아오는 날이었다. 사내는 마을 입구에 서있는 너도밤나무 가지에 노란 수건이 걸렸으면 아내가 그를 변함없이 사랑하며 기다리고 있다는 표시이므로 버스에서 내릴 것이고, 그렇지 않으면 돌아갈 집이 없으므로 버스를 내리지 않겠다고 말했단다.

버스에 타고 있는 사람들은 사내의 운명을 점치며 모두 함께 창밖을 내다보았다. 과연……, 노란 수건은 한 장이 아니라 가지마다 매달려있어서 너도밤나무 자태가 눈부셨고, 그 나무 아래에는 두 손을 가슴에 모아 쥔 모습으로 사내의 아내가 서있었다.

버스에서 내려 활짝 팔 벌린 아내 품에 안기는 사내를 향해 사람들은 와르르 박수를 치며 환호했단다.

그러면 영선이가 화들짝 놀라 또 물었다. 아니, 엄마. 울 아버지가 무슨 죄를 지었는데요?

아이고. 이야기 속의 사내처럼 영도 씨가 감옥살이 간 것도 아닌데 애 앞에서 괜한 소릴 했구나 싶어, 영도댁은 얼른 말을 고쳐 했다.

밤낮 가리지 않고 우리 집 앞에 내다 걸린 이 노란 수건은 말이야, 그 사내의 아내처럼 온 식구가 쌍수 들고 아버지를 환영한다는 표시란다.

아하…… 하고 마침내 영선이가 새까만 눈을 빛내며 고개를 주억거렸다. 그러다가 얼굴도 기억나지 않는 우리 아버지, 얼른 집으로 돌아오셨으면 좋겠다고 종알거리며 샐쭉

했다.

영선이의 둥글고 여문 머리통을 쓰다듬으며 영도댁도 중얼거렸다. 그래, 영선아. 엄마도……. 날 어두워진다. 너도 영주도 배고프겠다. 그만 들어가서 우리 저녁밥 먹자.

'이영도'라는 문패가 붙은 시멘트집과 비슷한 크기에다가 일렬로 늘어서서 다닥다닥 붙어있는 집집마다 굳게 현관문이 닫히고 완전히 해가 떨어지면, 그 집들 전부의 기다란 마당 같은 흰여울길에는 인적이 없었다. 집 지키는 장승 같은 장대들만 빨랫줄로 손 붙잡고 이어져, 제 키보다 낮은 담장 너머 밤바다를 응시했다.

바다 쪽으로 봉래산 비탈에서 바람이 내달을 때마다 영도댁이 줄에 널어둔 노란 수건 한 장이 까치발을 하고서 먼 바다까지 살피려 들었다. 더불어 가끔 모가지를 길게 빼던 갈매기마저 잠들어버리면, 등대에 불빛이 희미해지는 새벽녘까지 수건은 낯빛이 바래지도록 혼자 졸다 깨다 반복했다.

새날 해돋이와 거의 동시에 어느 집 현관문이 열리고 거기로부터 영도댁이 마당 같은 흰여울길로 내려서면, 간밤을 지새우느라 녹초가 된 수건은 그만 걷혔다. 그녀는 꼭 같은 색과 크기의 것으로 -생기 띈 듯 보송보송한 새 수건으로- 바꿔 넣었다.

담장 위로 괭이갈매기 몇 마리가 내려앉아 아침인사라도 하듯 고개를 까닥거리면, 영도댁은 기다리기라도 했다는 듯 웃옷주머니 속에서 새우깡이 담긴 봉지를 꺼냈다.

우리 영주 잠 깨기 전에 얼른 얼른 먹어라.

영선이는 큰 아이 마냥 요샌 과자를 영 안 먹네. 애들 다 크고 나면 이런 것 살 일도 없을 텐데 그땐 너거들한테 뭘 주나. 내가 생새우라도 내주면 그 사람 소식을 좀 가져다 줄 거가?

그녀가 괭이갈매기와 눈을 맞추고 웅얼거리면, 한 마리 새가 낯가림도 없이 영도댁 어깨를 스치고 담장 위에 내려앉아 까닥까닥 그녀의 얼굴을 보고 손도 보았다. 영도댁이 과자봉지를 열고 고개를 들어보면 그 사이에 몇 마리가 더 내려앉았다.

아나, 자! 다투지 말고 먹으라고 영도댁은 한 번에 하나씩만 손바닥 위에 올려서 줄선 대로 과자를 물게 했다.

봐라. 내 새우깡을 엄마는 또 갈매기한테 다 준다 아이가!

그 소리에 놀라 달아나듯 과자를 부리에 물고 새들은 푸드덕 날아올랐다.

영도댁이 돌아보니 영주가 현관문을 열고 눈을 비비며 투덜대고 섰다. 어느새 갈매기 떼는 포물선을 그리며 바다 위를 날았다. 얄미운 새떼를 쏘아보고 서있는 작은 얼굴로 쏟아지는 아침 햇살이 눈부셔, 영주는 연신 눈을 비볐다.

그 모습이 사랑스러워 영도댁이 미소 짓는 찰나 옆집 문이 열리며 영주 바보 하는 소리가 났다.

소리 나는 쪽으로 몸을 돌려서 씨근덕거리는 영주를 향해, 순천댁 무남독녀가 혀를 쏘옥 내밀고 제 과자봉지를 흔들어 보였다. 영주와 동갑내기 딸아이다.

선미 너 아침부터 죽을래? 그러나 버럭 소리만 내지르고 영주는 돌아섰다.

우이씨, 가시나라서 내가 참는다.

과자봉지를 들고 선미가 제 집에서 쪼르르 달려 나오더니 영도댁 앞에 와서 섰다.

아줌마, 내 새우깡을 영주한테 좀 나눠 줄래요!

얼른 들어가서 그래라, 억수로 좋아할 거다.

그러고서 따라 들어가 보면 곰살맞은 선미가 제 입속에 넣어주는 새우깡을 물고 영주가 웃고 있었다.

둘이 하는 짓을 지켜보다가 나이 두 살이 더 많은 영선이가 큰 아이마냥 목소리를 가다듬고 나무랐다.

쳇. 금방 다퉜다가 금세 벙글거리고, 너거들은 완전히 을라들이다.

놔둬라, 저래 의가 좋으니 얼마나 좋노. 너희들 전부 산을 업고 바다를 안은 흰여울길에서 키워서 그럴까……. 매사 영주는 사내아이답게 넓고, 선미는 계집아이답게 깊다 아이가.

영도댁이 아침밥상을 차리며 그렇게 중얼거리는데, 바깥에서 순천댁 소리가 났다.

선미야! 아침부터 너 또 여기 와 있지? 빨리 밥 먹으러 가자.

그 소리에 영도댁이 내다보고, 선미 아침밥 내가 먹여서 보내마 했다.

그러나 순천댁은 번번이 미안해하며 대꾸했다. 나도 그랬음 싶은데, 선미 아버지가 눈앞에 딸년이 안 보이면 밥이 안 넘어간다 해서요.

마지못해 선미가 제 신발을 찾아 신고 순천댁한테 손 붙들려 나가고 나면 영주가 투덜댔다. 가시나가 세상천지에 지 혼자만 아버지가 있는 거 같다 머. 울 아버지 돌아오시면 나도 선미하고 안 놀아줄란다.

그 소리에 영도댁은 목이 메어, 영선이 영주 남매 몰래 밥 대신 물만 들이켰다.

굵어지는 햇살이 봉래산 비탈에 껌딱지처럼 붙어있는 집 문마다 두드린 듯, 아이들 몇이 기다란 마당 같은 흰여울길

18

로 나섰다. 해말끔한 얼굴로 저마다 가방을 챙겨 메고 국민학교로 향하는 시각이다.

영선아, 학교 파하면 영주 잘 챙겨 오너라. 선미도 학교 잘 댕겨 오고. 영도댁이 아이들을 향해 손을 흔들면 옆에 나와 서있는 순천댁도 거들었다.

영주야! 우리 이쁜 선미 아무도 해코지 못 하도록 네가 잘 지켜야 한다. 너는 굳센 부산 사나이잖아.

그러면 영선이한테 손 붙잡혀 끌려가듯 걷던 영주가 입이 헤 벌어져 돌아봤다.

영주는 곧 제 누나 손을 뿌리치고, 순천댁 곁에 방글거리며 서있는 선미 손을 붙잡고 씩씩하게 걸어갔다.

그런 아이들 뒷모습이 안 보일 때까지 흰여울길에 서있다, 영도댁과 순천댁은 마주보고 웃었다.

영도댁은 영선이 영주 남매의 오후 간식거리를 가방에 챙기고 현관문을 잠근 뒤, 열쇠와 함께 순천댁 손에 맡겼다.

형님, 애들 걱정은 하지 말고 오늘도 자갈치서 고생 마이 하시이소. 순천댁이 상냥하게 인사했다. 어쩌면 갓난쟁이 영선이를 받아냈던 이는 의사라기보다는 옆집의 순천댁이라는 생각을 하며 영도댁은 순천댁과 의좋게 지내왔다.

영도가 먼 바다 남태평양으로 나가있던 사이에 영도댁 배는 달이 차는 대로 탐스레 부풀어 올랐었다. 불안한 마음으로 그의 귀항(歸航)을 기다리는 어미 마음을 알기라도 하듯이 출산예정일이 지나도 태아는 뱃속에서 잘 놀았다.

그러다 장맛비가 억수로 쏟아지던 여름날 밤에 영도댁은 혼자 진통에 몸부림쳤다. 속살을 베어내기라도 하는 듯 규칙적으로 찾아드는 날카로운 고통에 저절로 터져 나오는 비명을 도저히 참을 수 없었다.

그녀는 허공에 손을 내저으며 영도 씨 영도 씨 나 죽을 것 같다고 그를 불렀다. 남태평양까지 고기잡이 나가있는 영도에게 닿을 리 만무한 그 처절한 외침을 듣고 달려온 사람은 옆집에 사는 순천댁이었다.

그녀는 출산경험이 없었지만 침착하고 야무진 여자였다. 들어서자마자 영도댁 입에 수건을 물리고 젖은 아랫도리를 살피더니 곧 수화기를 들고 119에 전화를 넣었다.

여보세요! 흰여울길에 산모가 혼자 있어요. 예, 양수가 터졌으니 아기가 곧 태어날 것 같아요. 제발 꼭 의사선생님과 같이 와주세요.

다급한 순천댁 말소리 사이로 쿠르르 쿠르르 천둥소리가 났다.

그녀는 뒹굴고 있는 영도댁 손을 잡고 말했다. 정신 차려요. 그리고 나 좀 봐요. 아기가 태어날 땐 모든 여자가 아픈 거래요. 지금 혼자가 아니니까 다른 걱정 하지 말고 내 손 꼭 잡아요. 자, 아기가 움직이는 쪽으로 길을 만들어주겠다는 생각만 하기로 해요.

허공을 긁는 영도댁의 두 손을 순천댁은 꽉 잡고 거듭 안심시켰다. 아랫도리에 저절로 힘이 들어가는 대로 영도댁은 굵은 똥을 싸지르듯이 용을 썼다. 그녀 이마에 맺히는 땀방울을 순천댁은 손수건으로 연신 닦아주었다.

아기 머리가 보이기 시작할 무렵에야 빗속을 달려온 구급차에서 의사가 내려섰다.

세상으로 어미가 내주는 길을 잘 찾아 나온 아기의 탯줄이 잘리고 마침내 영도댁 가슴에 안길 때까지, 순천댁은 가족처럼 그 곁을 지켰다. 그리고 제 일처럼 기뻐했다.

어머나, 예쁘고 튼튼한 여자아기네요. 첫딸은 살림 밑천이래요.

영도댁은 순천댁이 끓여내는 새알 미역국을 삼시세끼 잘 받아먹었다. 삼칠일이 지나고 기력을 완전히 회복하자마자 영도댁은 외출했다. 들꽃무늬가 흐드러져 들녘 같은 길고 풍성한 치마를 두 장 샀다.

그중 하나를 제가 입고, 다른 하나는 종이봉투에 담아 옆집 문을 두드렸다.

순천댁이 문을 열고 내다보더니 그녀를 보고 배시시 웃었다. 영도댁이 말없이 봉투를 내밀자, 열어보지도 않고 그녀가 재빨리 말했다.

아…… 고마워요, 형님. 아니 글쎄……, 형님 아기가 내게 큰 선물을 준 거 같아요. 나……, 오랫동안 기다려온 아기를 가졌습니다.

그 소리가 얼마나 놀랍고 대견한지, 영도댁이 소리 내어 웃었다.

그날부터 순천댁은 그냥 영도댁 아우가 되었다. 이듬해엔 영선이한테도 선미라는 여동생이 저절로 생긴 셈이었다.

아기엄마로 가족같이 지내온 오랜 기억을 떠올릴 때마다 새삼 뭉클해져, 영도댁은 집 앞에 서있는 순천댁을 돌아보고 손을 흔들었다. 그리고 오늘도 바지런히 자갈치 시장으로 향했다. 한길 버스정류장까지 그녀를 배웅하듯, 흰여울길 담장 위로 괭이갈매기가 줄줄이 내려앉아있었다.

새날은 해 뜰 때마다 어김없이 찾아왔고 흰여울길의 아이들은 소년소녀를 거쳐 청년으로 성장해갔다. 그러나 노란 수건이 바다 쪽으로 발돋움하는 흰여울길을 왕래하며, 영도댁의 오늘이야 날마다 똑같은 것만 같았다.

당신 돌아오는 시각만큼은 목숨처럼 챙겨 달라고 내 신신당부했는데…….

그러나 돌아올 줄 모르는 영도와 연애했던 시절 또 신혼살림 차렸던 시절을 그녀는 시퍼렇게 기억하고 있었다.

영도 씨…… 내가 할 말이 많아서라도 당신 참말로 보고 싶소. 영선이 아버지요, 딸내미 저래 똑똑하게 자라는 모습을 당신은 안 보고 싶은가…… 우리 영주 애기를 당신한테 들려줄 수 있는 사람도 인자는 나밖에 없네요.

진짜로 당신…… 남태평양서 잘못되어버리기라도 했는가…… 누군가 내게로 오래전에 몹쓸 편지를 보내왔습디다. 먼 바다에 있다는 듣도 보도 못한 섬으로 와서 죽은 이가 당신인지 아닌지 확인을 하라는 거예요. 나 원, 기가 막혀서…….

나는 못 가오, 안 가요. 멀어서 못 가고 믿을 수 없어 안 가요. 우리 영선이하고 영주를 하루아침에 아비 없는 자식 만들까 무서워서…… 더 못 가고 더 안 가요.

기다리면 그가 돌아온다고, 기억하면 그는 죽지 않는다고, 영도댁은 철석같이 믿으며 살아가기로 작심한 사람 같았다.

흰여울길

영도다리

섬과 뭍을 가로지르며 사이렌 소리가 뱃고동처럼 울린다. 열네 시를 알리는 신호다.

창공을 비행 중이던 괭이갈매기 몇 마리가 영도다리 난간으로 내려앉으며 흰 깃발 같은 날개를 펄럭인다.

다리 위를 바삐 내달리던 자동차들이 섬 끝과 뭍 끝에 줄줄이 멈춰서기 시작한다.

다리 곁에 정박해있던 하얀 배 한 척은 기다렸다는 듯 시동을 건다. 비린내 짙은 바람이야 푸른 물결로 먼저 일어서 있다.

영도다리 밑에서는 오늘도 '축제를 짓는 사람들'이 작은 무대를 차려놓고 역할대로 분주해지기 시작한다.

"매일같이 오후 두 시만 되면 이게 무슨 난리굿이고?"

다리로 진입하기 직전에 브레이크를 꾹 밟은 택시 운전기사가 차창을 내리고, 길바닥에 탁 침을 뱉는다.

"그래 봐야 영도다리를 들어 올려서 바닷길을 열어주는 시간은 십 분 남짓 아니요? 내 젊었던 시절엔 하루에 예닐곱 번은 들어올려, 돛이 높은 배까지 왕래하기가 수월했소."

뒷좌석에 앉아있던 노신사가 엷은 미소를 지으며 말한다.

"아, 옛날엔 그랬다고들 하더군요. 이제는 세상이 눈 돌아가게 바쁜데, 갑자기 시곗바늘이 멎고 세월이 거꾸로 돌아가기 시작하는 것 같아서……. 에구, 영 쓸데없고 낯설어요."

기사가 그렇게 대꾸하자 노신사는 그만 입을 다문다. 그는 차문을 열고 땅에 내려선다. 택시가 정차해있는 동안 눈앞의 영도다리와 온전히 마주하기로 마음먹은 것 같다. 해풍이 노신사의 숱 적은 머리카락을 헤집는다.

"사람들이 앞만 보고 내달려온 세월 동안에 배보다 편리한 자동차 수가 셀 수 없이 늘었어. 더는 옛날처럼 다리를 들어 올려서 뱃길을 내줄 이유가 없어졌고, 그럴 여유 같은 것이야 더욱이 있을 수가 없어 왔지.

이제서라도 나처럼 늙어버린 영도다리를 걷고 새 단장하길 참 잘했네. 우리나라에 이런 도개교(道開橋)가 또 더 없다. 이렇게 떨쳐 올리고 내려야 영도다리지……. 암, 사연 많고 한 많은 사람살이처럼 끊어질 듯 이어져야지 진짜 영도다리다."

듣는 사람이 있거나 말거나 노신사는 그리 중얼거린다.

운전기사가 따라 내려서며 그를 향해 대꾸한다.

"아, 손님만 괜찮으시다면 저야 뭐……. 그런데 영도다리 역사를 그리 잘 아시는 걸 보니, 손님은 부산이 고향이신가 봅니다요."

"이 사람아, 어데 고향이란 것이 따로 있겠는가. 발 뿌리 박고 모진 세월을 정붙이고 살아낸 곳이 고향이지. 따지고 보면 토박이가 부산에 몇 명이나 되겠는가. 그런 것을 아마 이 영도다리가 제일 잘 알걸세."

눈보라가 휘날리는 바람찬 흥남부두에 목을 놓아 불러봤다 찾아를 봤다

금순아 어디로 가고 길을 잃고 헤매었던가 피눈물을 흘리면서 일사이후 나 홀로 왔다

대형 스피커에서 쿵짝쿵짝 낡은 노래가 흘러나오기 시작한다. 이동식 앰프를 가동시킨 이는 다리 밑에서 축제를 짓는 사람들이다.

"아아……."

노랫가락을 쫓기라도 하듯 노신사는 저도 모르게 발걸음을 옮겨 다리 갓길로 올라선다. 갈매기 몇 마리 내려앉아 고개를 까딱이고 있는 철제난간을 그가 꾹 움켜잡는다. 노랫말을 더듬으며 우두커니 서있다 보니

"일가친척 없는 몸이 지금은 무엇을 하나 이 내 몸은 국제시장 장사치기다……."

다음 가사가 노신사의 입에서 저절로 흘러나온다.

　금순아 보고 싶구나 고향 꿈도 그리워진다 영도다리 난간 위에 초생달만 외로이 떴다

난간을 움켜잡고 있는 핏줄 불거진 손등 위로 굵은 눈물방울이 떨어지는 것을, 노신사의 등 뒤에 서서 담배를 태우느라 운전기사는 보지 못한다. 다리 밑에는 어느 틈엔가 많은 사람들이 모여들어 왁시글왁시글하다.

영도다리 일부가 공중으로 천천히 올라가는 대로 이제 막 끊어지기 시작하는 광경을 그들은 입을 벌린 표정으로 올려다보며 서있다.

"이야, 저것 좀 봐!"

누군가의 손가락 끝이 가리키는 것은 가로등이다. 영도다

리 가장자리에 뿌리 깊은 나무처럼 꼿꼿이 서있던 그것이, 지금 막 다리의 일부로서 같이 딸려 올라가기 시작한다.

밑에서 쳐다보기 위태롭도록 가로등은 모로 눕는 중이다.

배낭을 메고 서있는 젊은 외국인 무리로부터 탄성이 터진다. 그들은 저마다 스마트폰을 들고 최대한 팔을 뻗어서 영도다리 도개의 순간을 담느라 야단법석이다.

올라가던 영도다리가 허공에 멈춰서고 그 끝이 거인의 집게손가락인 양 하늘을 가리키자, 바닷길이 열린다.

이 순간을 노리고 섰던 배 한 척이 이보란 듯 물살을 가르며 섬과 뭍을 횡단한다. 걸음걸이 우아한 모델인 양 열린 바다 길을 가로지르는 하얀 배의 상갑판으로 한 사내가 나와 선다.

바다를 주름잡고 떠돌다 막 돌아온 마도로스처럼 흰색 옷차림에 짧고 뭉툭한 파이프를 입에 물고 있다. 사내는 다리 밑에 다중(多衆)에게로 살갑게 손을 흔든다.

다중 속엔 낡은 노래를 목청껏 따라 부르는 사람도 있다. 목줄 묶인 채 주인 곁에서 알짱거리는 개도 보이고, 오후 두시의 강렬한 햇살 아래 사람들 사이를 헤집어 달리며 차양 넓은 모자를 파는 아이도 보인다.

그 북새통 속에 흘러나오는 노래보다 더 낡은 사람들 모습이 섞여있다. 한국전쟁 피란 보따리를 이고 지고 서있는 남녀노소다. 그들은 아직도 피란 중인 것 같은 청동조형물이다.

우리는 만나야 한다……, 이별은 끝나야 한다……. 그렇게 부르짖기라도 하듯 조형물의 입술은 둥글게 열려있다. 여전히 그들이 애타게 찾고 있을 것만 같은 친지와 자식들이 지금 영도다리 밑으로 다 모여드는 것 같다. 길어봤자 오늘도 십여 분이다.

세월 따라 낡아가는 노래 〈굳세어라 금순아〉는, 축제를 짓는 사람들을 모아서 꾸려온 영선이에겐 다른 의미로 특별하다. 그녀의 어머니로 살며 영도댁이라 불려왔지만 영도댁의 본명이 금순이다.

이 금순이는 분명히 피란민이 아니라 부산토박이다. 그런데 결혼한 지 한 해 반 만에 마도로스 남편과 생이별했다. 영도바다가 그녀의 고향바다 같지만 그녀의 그리움이야 남편따라 멀리 남태평양까지 넘실거린다.

영도바다는 원양어선을 타는 선원들에게 남태평양으로 가는 길목이다. 이 금순이의 삶도 노랫말 속 금순이처럼 굳세게, 남편 없는 세월 따라 영도댁으로 낡아왔다. 그래서 낡아가는 노래 속의 저 금순이가 영도댁의 장녀 영선이에겐 아무래도 남의 이름 같지가 않은 것이다.

　금순아 보고 싶구나 고향 꿈도 그리워진다

　영도댁의 남편이고 영선이의 아버지인 이영도가 남태평양
어디쯤에선가 그렇게 애달피 노래 부르고 있을 것만 같다.
　영선이는 어릴 적부터 축제를 짓는 사람이 되고 싶어 했다.
그녀는 흘러가는 아버지의 노래를 지키기라도 하겠다는 듯
오늘도 영도다리 밑에 부스를 차려놓고 이동식 앰프를 틀어
다중과 함께 노래하는 중이다.

　꽃 피는 동백섬에 봄이 왔건만 형제 떠난 부산항에 갈매기
만 슬피 우네
　오륙도 돌아가는 연락선마다 목메어 불러 봐도 대답 없는
내 형제여
　돌아와요 부산항에 그리운 내 형제여

　그녀가 대형 스피커를 통해 차례차례 내보내는 낡은 노래
중에 〈돌아와요 부산항에〉가 울려 퍼지면, 다리 밑에 꾸역꾸
역 모여든 사람들의 분위기는 절정으로 치닫는다. 군데군데

무리 지은 사람들 속에서 박자 어긋나는 합창이 터지는 대로, 〈돌아와요 부산항에〉는 돌림노래가 된다. 몇몇 사람은 술 취한 이 마냥 몸을 흔들며 막춤을 추기도 한다.

축제를 짓는 사람들 기획의 일부인 양 때맞춰 흰 갈매기 떼까지 화르르 날아들기가 다반사다. 춤추고 있는 사람들 머리 위를 새들이 선회하면, 목줄 묶인 개들은 공중으로 겅중겅중 뛰어오른다.

삽시간에 다리 밑은 나와 이웃, 내국인과 외국인, 날짐승과 길짐승 같은 것의 구분이 사라져 보인다. 이 순간에 영도다리 밑은 그야말로 축제의 광장이라는 생각을 하다, 영선이는 흐르는 노랫말 새로 애타게 영도를 불러본다.

'아버지, 얼굴도 기억나지 않는 우리 아버지…….'

가고파 목이 메어 부르던 이 거리는 그리워서 헤매이던 긴긴 날의 꿈이었지, 언제나 말이 없는 저 물결들도 부딪쳐 슬퍼하며 가는 길을 막았었지.

'이제 먼 바다 그만 헤매시고 아버지, 푸른 물결 타고 흰여울길로 돌아오세요…….'

돌아왔다 부산항에 그리운 내 형제여

'어머니가 너무 오래 기다려요. 저도 영주도 간절히 기다리고 있어요. 아버지……'

내 돌아왔노라고 크게 외치는 이영도의 목소리를 상상해 보다. 이제 영선이는 마지막 곡 〈부산 찬가〉를 광장에 울릴 준비를 한다.

청년의 목소리로 부산의 이미지를 더 푸르게 노래하자는 그녀의 뜻을, 대학의 노래하는 동아리 후배들이 흔쾌히 지지해주었다. 덕분에 날마다 오후 두 시의 영도다리 도개식이 생기발랄한 중이다.

영선이의 노래하는 후배들은 다중 속 어린이들에게 미리 준비해온 새파란 풍선을 건네주거나 따뜻하게 허그(hug)한다.

과거에 이런 저런 난리로 만남과 이별의 희비가 엇갈렸던 영도다리였다. 이제는 꿈과 정으로 누구라도 함께할 수 있는 공간으로 새로이 나고 싶다. 그 바람의 메시지를 축제를 짓는 사람들은 나누고 싶은 것이다.

뭐라고, 대학생들이? 이벤트 기획 전공자들이라 해도 아마추어잖아!

처음엔 이것저것 우려하며 저지했던 구청 사람들 또 시청 사람들도, 청년들이 좋은 뜻을 품고 앞장서 실천하는 것에 대하여 더는 말리지 않기로 했다. '청년에게 희망을!'이라는 대형 플랜카드를 내걸고, 구청도 시청도 목전의 지방선거를 준비하는 중이기 때문이기도 했다. 어쨌든지 간에 축제를 짓는 사람들은 구청의 허가를 받고 시청의 협조를 얻어, 수년간 소원해온 대로 영도다리 밑에 행사 부스와 작은 무대를 차릴 수 있게 된 것이다.

"선배, 덩치가 어마무지하게 큰 남자가 와서 노래를 하겠대요. 막무가내로 자기한테 마이크를 달라 해요. 어쩌죠?"

"아니, 누가?"

"몰라요. 도개 행사가 무슨 전국노래자랑도 아니고…… 난감하네요. 가만 보면 생긴 게 약간은 서양인 같기도 하고……, 뭐 아무튼 외국인 같아 보여요, 선배."

"음, 곧 다리 내려온다. 반주가 나가는 대로 무대는 차질 없이 부산찬가를 시작하게 하고, 외국인인지 외계인인지 그 작자는 내게로 데려다줘."

기다렸다는 듯 영선이한테로 달려온 어마무지하단 작자는 구릿빛 피부에 단단한 근육이 돋보이는 젊은 남자이다. 곱

슬곱슬한 머리카락과 움푹 패어 굵게 쌍꺼풀진 눈 색깔은 검다. 느낌상으로 외국인은 맞는데 백인이거나 흑인이라고 그를 냉큼 구분할 수 없다.

손발이 큰데 신장은 거부감이 들 정도로 크지 아니하다. 살집은 작아도 뼈대가 워낙 굵어 상대를 압도하기 좋은 체구이다. 티브이에서 보았던 격투기 선수를 연상하며 영선이가 그를 향해 입을 연다.

"나는 영도다리 도개식의 이벤트 책임자 이영선입니다. 당신은 누구죠?"

"아이가 석. 이게 내 이름이에요."

뜻밖에도 남자의 대꾸는 서툰 발음으로나마 한국말이다.

"당신은 유학생인가요?"

영선이는 여전히 영어로 묻는다.

"아니오. 나는 남태평양 사모아에서 형제를 찾으러 부산에 왔습니다."

아이가 석이라 하는 남자가 다시 한국말로 대답한다.

"음, 그렇군요. 그런데 왜 공연 직전에 가수의 마이크를 당신에게 넘기라 했죠?"

"진행에 방해가 되었다면 미안합니다."

그가 냉큼 사과부터 하더니 띄엄띄엄 한국말을 또 이어

간다.

"나는 어제도 영도다리가 올라갔다가 다시 내려올 때까지 여기에서 노래를 들었는데…… 내가 아는 노래는 안 나왔어요. 오늘 다시 시각 맞춰 나는 여기에 왔어요……. 그런데 오늘도 그 노래는 안 나옵니다. 지금 사람들한테로 내가 아는 노래를 불러서 들려주고 싶어요. 사모아에서 아버지가 부르는 그 노래를 들으면서…… 나는 부산의 영도다리를 상상해 왔어요. 바로 눈앞에 다리가 있는데, 아버지의 노래만 안 나오니까 슬픕니다."

"음……, 아이가 석. 그러니까 당신 이름의 성(姓)이 석씨로군요. 아버님이 한국인이신가 봅니다."

영선이가 그를 향해 이제는 한국말로 대꾸한다.

"그렇습니다. 수해 전에 돌아가신 내 아버지의 고향이 부산 영도입니다. 아버지는 마도로스였어요."

그의 입에서 마도로스라는 단어가 튀어나오는 순간 영선이의 가슴이 잔물결 친다. 얼굴도 모르는 채 마냥 기다려온 제 아버지 이영도처럼 석의 아버지도 뱃사람이라 한다. 영선이는 이 마도로스의 아들이 영도다리를 노래할 수 있게끔 마이크를 쥐어주고 싶어진다.

"좋아요, 석. 분명히 노래를 잘할 자신이 있다는 거죠?"

"물론입니다. 나는 훗날 사모아 섬 툴라팔레가 되는 게 꿈이니까요."

"툴라팔레? 그게 뭐죠?"

"마을의 옛날이야기를 노래로 불러, 후세까지 널리 전하는 사람입니다."

"오……, 옛이야기를 노래하는 사람이라고요……."

그렇다면 밑도 끝도 없이 아름다운 역할일 수 있겠다는 생각을 영선이는 한다. 툴라팔레처럼 그녀가 듣고 감탄했던 사람의 역할이 또 있다. 그건 '무지개전사'였다. 만화영화 속 주인공의 직업 이름 같이 들리는 그 역할을 하고 싶다고 한 이는, 영선이보다 두 살 어린 동생 영주다.

영주가 열일곱 살 되던 해부터였나, 어디서 구해왔는지 그의 방 벽에 못 보던 사진 한 장이 붙었다. 짙푸른 바닷물에 물보라를 일으키며 근사한 전함 한 대가 전방을 향해 돌진하는 광경이 생생했다.

영선이가 물었다. 저 커다란 배에 타고 있는 거니, 영주야. 네가 되고 싶다는 무지개전사가?

그러나 영주는 전함 앞에 떠있는 조그만 보트 한 척을 손가락으로 가리키며 씩 웃었다. 파도에 위태로워 보이는 그 보트는 해풍에 나부끼는 초록색 깃발과 함께 머리카락을 휘날리며 앉아있는 한 사내를 싣고 있었다.

누나, 이 사진의 무지개전사가 보잘것없어 보여? 그렇다면 내가 그의 전설을 알려줄게. 사진을 뚫어지게 쳐다보고 있는 영선이를 향해 영주가 조곤조곤 말했다.

사람 사는 땅 뿐만 아니라 바다도 못쓰게 되어가고 있잖아, 누나. 점점 더 황폐해지면 지구를 지키기 위해서 무지개전사가 나타난다는 거야. 이건 내 소리가 아니야. 태평양과 대서양을 양쪽 겨드랑이에 끼고 사는 원주민들 사이에 오랫동안 전해 내려오는 전설이야.

아이고, 영주야. 내가 너를 아기 때부터 태권브이라는 별명으로 불렀다더니, 어쩌면 그 영향일 수도 있겠다. 그 전설대로라면 무지개전사는 지구를 지키는 독수리 오 형제의 한 대원 같은 사람이잖아?

세상에 만화영화처럼 황당한 출몰이긴 해도, 그렇다면 아름다운 역할이라는 생각도 영선이는 동시에 했다. 그래서 다시 힘차게 영주에게로 말했다. 그렇다면 우리가 밑도 끝도 없이 기대하고 기다려볼 만한 사람이구나, 무지개전사는!

그러자 영주가 엄지손가락을 펴 보이며 역시 우리 누나다 했고, 평소답지 않게 하하하 큰 소리 내서 웃었던 날이기도 했다.

영선이는 전설 속의 무지개전사를 떠올리다가 석에게로 진지하게 묻는다.

"저기, 사모아에는 툴라팔레를 뽑는 시험 같은 게 따로 있나요, 석?"

"툴라팔레가 되려면 마타이부터 되어야 합니다."

그렇게 말하는 석의 얼굴이 살짝 붉어지는가 싶더니, 재빨리 말을 잇는다.

"여자와 결혼을 해서 아버지가 되어야 마타이가 될 수 있고, 마타이들 중에서 툴라팔레를 뽑습니다."

석의 서글서글해 뵈는 큰 눈을 빤히 들여다보며 호기심에 이것저것 물어대는 영선이 입가에 미소가 번진다. 그녀는 순수해서 매력 있는 석의 나이를 가늠해본다. 덩치만 컸을 뿐 얼굴은 스물한 살 먹은 영주만큼 앳되어 보인다. 궁금한 걸 못 참아, 영선이가 묻는다.

"석, 실례지만 올해 몇 살이에요?"

그러나 예상은 빗나간다.

"나 스물일곱 살이요."

제멋대로 그의 나이를 넘겨짚었던 영선이는 당황스럽다. '이런……, 저 해맑은 얼굴로 나보다 몇 해나 더 살았네.'

"왜요?"

석이 다시 얼굴을 붉히며 어깨를 으쓱해 보인다.

"아, 좋습니다, 좋아요. 석! 인사가 늦었지만 부산의 영도다리로 오신 거 환영합니다."

석보다 제가 여러 해 덜 살았다는 사실을 알게 된 영선이 말투가 공손해진다.

"아버지의 고향에서 석의 형제도 꼭 찾게 되기를 진심으로 바랍니다. 내일 영도다리 도개식 전에 여기 내게로 다시 오시면 되겠습니다. 리허설을 해야 하니 좀 빨리 도착해서 우리와 점심 도시락도 같이 먹으면 좋겠네요. 어떻습니까?"

석의 입이 커다랗게 벌어지더니 흰 이를 드러내며 웃는다.

"나도 좋아요. 무조건 좋아요! 오늘 밤에 노래 연습 열심히 할게요. 우리 아버지가 가르쳐 준 영도다리 노래는 최고예요."

영선이가 고개를 끄덕이고 당부한다.

"아까 당신을 내게로 데려다 준 단발머리 여성한테 노래 제목을 꼭 좀 알려주고 가야합니다. 스태프에서 미리 반주를 준비해야 하니까요."

"그러죠! 우리 내일 또 만나요."

큰 소리로 대답하고선 돌아나가는 석의 우람한 뒷모습에서도 머뭇거림이나 구김살 같은 것은 찾을 수가 없다.

사모아라⋯⋯. '죽기 전에 가봐야 할 곳'으로 선정된 남태평양의 한 섬이다. 영선이는 여행 잡지에서 그 섬을 보았던 기억을 떠올린다. 청명한 사모아의 이미지를 소개하는 사진을 한 장 한 장 들여다보면서 섬에 풀 한 포기 나무 한 그루도 스트레스가 없어 보이네, 사모아 여인의 미소는 풀처럼 나무처럼 자연스럽고 싱그럽네. 세상에 천국이라도 본 듯이 마냥 그리 부러워했던 적이 있다.

남태평양의 사모아라는 이름의 그 섬이, 아버지 이영도를 그리워하는 쪽에 존재한다는 사실만으로도 영선이한테는 낯설지가 않다. 거기에서 나고 자랐을 한국계 사모아인 아이가 석, 고향 섬의 툴라팔레를 꿈꾸는 저 건장한 청년이 제 아버지의 고향으로 형제를 찾으러 왔음을 놀랍게도 한국말로 이야기한다.

그는 시간과 공간에 아랑곳하지 않고 세상을 거침없이 항해하는 튼튼한 배 같은 사람으로 영선이에게 와 닿는다. 그녀는 남태평양 사모아 섬의 숲 속에서 신화와 역사를 노래하는 아이가 석의 모습을 잠시 상상해본다.

석은 금박 장식으로 화려한 허리띠를 둘렀다. 남녀 구별 없는 치마 같은 붉은 하의만 입었을 뿐, 실하고 탄탄한 가슴근육을 이글대는 태양 아래 다 드러냈다. 제 키만치 기다란 지

팡이를 짚고 서서 툴라팔레 석은 사모아 섬의 푸른 숲과 그보다 더 푸른 바다 이야기를 노래 부른다.

둘러앉은 마을사람들이 꿈꾸는 표정으로 그를 바라보고 있다 저도 모르게 노랫말을 따라 부른다. 희한하게도 그 노랫말 속에 영선이가 살고 있는 부산 영도의 흰여울길과 바다가 섞여있다. 그녀도 툴라팔레의 노래를 따라 부르려, 저도 모르게 입술을 동그랗게 오므린다.

어느 틈엔가 영도다리 밑의 노랫소리는 멎어있다. 하늘로 치솟았던 다리의 일부가 감쪽같이 제 자리를 찾는 대로 바닷길은 그만 닫혀있다.

다리 위를 자동차가 다시 쌩쌩 내달리기 시작하고, 다리 밑에 모였던 다중(多衆)은 흩어지는 중이다.

난리 통에 헤어졌던 친지와 자식을 오늘도 찾지 못했는지, 보따리를 이고 진 피란민의 조형물은 흩어지는 사람들을 바라보며 다리 곁에 망연히 서있다.

그들 곁에서 축제를 짓는 사람들이 차렸던 무대를 정리하고 다중이 흘리고 간 쓰레기를 줍는 중이다. 영선이도 부스를 걷고 챙기느라 이마에 땀방울이 맺힌다.

"누나……."

영선이 동생 영주다.

"어, 너 언제 왔니."

도개식 마칠 무렵에 영주는 가끔 다리 밑으로 와서 축제를 짓는 사람들의 뒷정리를 거들곤 한다. 영주가 거북이 등껍질 같은 노트북 가방을 벗으며 중얼거린다.

"무거운 거 들 땐 남자 후배들 좀 시키래도. 참 말 안 들재⋯⋯."

그는 영선이가 들고 있는 깃대를 빼앗고 깃발을 접는다. 그리고 부스의 테이블과 의자는 축제를 짓는 사람들의 화물차 쪽으로 나르기 시작한다. 묵묵히 그러나 분주히 움직이는 영주를 따라다니면서 눈치를 살피다가, 영선이가 제안한다.

"영주야, 우리 정리 다 마치면 자갈치로 가서 저녁거리 챙겨서 어머니하고 같이 귀가하자. 너 어때, 시간 괜찮아?"

그러나 영주는 대답이 없다.

영선이가 다시 말한다.

"오늘 아침에 어머니 허리 삐긋 했는데⋯⋯, 아니 실은 영주야⋯⋯, 요새 김씨 아저씨가 부쩍 어머니를 보채나보더라. 이래저래 힘들어 하시는 거 같으니까, 우리가 식당으로 가있다가 어머니 저녁 장사는 접으시게 하고 일찍 식당 문을 닫아버리자고⋯⋯."

김씨 소리를 듣고선 영주가 짙은 눈썹을 찌푸린다. 그는 잠시 생각에 잠긴 듯 서있더니 이내 대꾸한다.

"그러자. 내가 어머니와 누나한테 꼭 드려야 하는 중요한 말씀도 있고…….."

"그래, 하겠다는 말이 뭔지 나 벌써 궁금하네?"

영선이 영주 남매는 영도다리 밑에서 나란히 도롯가로 올라선다. 짐 다 실은 화물차에 노래하는 후배들이 올라타고 남매를 향해 손을 흔들며 사라지자, 그들은 뭍 쪽으로 몸을 튼다. 횡단보도를 건너서 자갈치 쪽으로 보조 맞춰 걸음을 옮긴다.

영선이가 영주를 향해 종알댄다.

"그런데 너, 김씨 아저씨를 너무 미워하지 마라. 그분이 우리 어머니를 좋아하는 게 나쁜 마음은 아니잖아. 어머니 식당 꾸리는 데도 도움이 많이 되어왔고……, 게다가 그분이 네겐 작년부터는 생명의 은인이 되어버렸잖아. 하하."

말을 하다가 보니 뭔가 너무 거창하게 표현했다 싶어, 영선이는 제 풀에 웃어버린다. 그러나 영주는 웃지 않는다. 그저 영선이쪽으로 고개를 돌려 깊은 눈매로 그윽하게 바라볼 뿐이다.

"야, 너 가끔 그런 눈으로 날 좀 보지 마라. 내 동생 같지가 않고 영 낯선 사람 같다, 영주야!"

무안해진 영선이가 타이르듯 한 소리 덧붙이고 그만 입을 다문다.

지난 해 가을 딱 이 무렵쯤이었다. 자갈치 공동 어시장 끄트머리 선착장에서 영주가 갑자기 바다로 뛰어들었다. 곁에서서 그와 대화 중이었던 어시장 관리인 김씨가 얼른 쫓아 뛰어들었다.

김씨의 수영실력이 물개 수준이라 망정이지, 위험하기 짝이 없는 사건이었다.

뒤늦게 소식을 들은 영선이가 응급실로 한달음에 달려와 울며 다그쳤을 때, 영주는 희미하게 웃으면서 기운 없는 소리로나마 대꾸했다.

걱정 마. 죽으려고 했던 거 아니다, 누나. 그냥 너무 분하고 답답해서 뛰어들었던 거다. 물속은 그나마 시원하더라.

그러나 구체적으로 왜 바다에 뛰어든 건지, 영주는 끝내 영선이에게 말하지 않았다.

김씨에게 물어도 줄담배만 태울 뿐 뭐라 대꾸가 없었다. 그가 영도댁한테는 자초지종을 설명했을 법 한데, 그녀도 딸에겐 뭐라 더 다른 얘길 일체 하지 않았다.

몸에 한기가 가시는 대로 깊이 잠들어버린 영주의 한쪽 손

을 붙잡고 영도댁은 울 듯 말 듯한 표정으로 웅얼거리기만
했다. 어미 여기 있다, 영주야 네 어미가 바로 여기에 안 있
나…….

김씨는 영주 곁에 우두커니 앉아있는 영도댁 어깨를 두드
리며, 미안하요, 누님. 내가 홧김에 그만……. 자신이 경솔
했다고 연신 사과했다.

영선이는 자초지종을 몰라 이것저것 궁금했지만, 가만히
상황을 보니까 김씨가 또 영주에게로 뭔가 못할 소리를 했구
나 싶었다. 그래도 저래 뉘우치고 영주도 무사하니까 그만
되었다는 생각도 했다.

말수 적고 내성적인 영주한테로 김씨는 아버지 노릇을 하
려 들어왔다. 그리 하는 것이 영도댁의 서방이 될 수 있는 최
고로 빠른 길이라는 생각을 했기 때문이다. 그는 술에 취하
면 이영도가 이십 년 전에 벌써 죽은 사람이라고 술버릇처
럼 떠들었다.

절대 그럴 리 없다고 여전히 믿고 사는 영선이와 달리, 영
주는 머리 굵어지는 대로 우리 아버지는 돌아가셨을 거라는
소리를 수차례 했다. 이영도가 진작 죽었다는 김씨 말을 부
정하지 않으면서도 영주는 김씨라는 사람 그 자체가 싫은 건
지 새아버지가 생기는 게 싫은 건지, 그에게로 마음을 열어

보이는 일이 없었다.

　김씨는 영주가 바다로 뛰어들었던 날 이후, 확실히 참견도 간섭도 자제했다. 그렇다고 그가 영도댁 새 서방 되기를 포기한 건 아니었다.

흰
여
울
길

자갈치

"자갈치 선착장에 배가 닿아 냉동고가 열리면, 새벽 해무 속에서 뱃사람들은 물 긷듯 생선을 퍼 올렸다. 로프를 당기는 그들 몸이 일제히 뒤로 젖혀지면, 허연 얼음 서리 속에서 강림하듯 커다란 고기가 모습을 드러냈다. 고기 중에 진짜 고기 참치였다."

"와!"

"허허허. 다 옛날이야기다. 맨땅에 헤딩하던 시대에 먼 바다로 참치 잡으러 갔던 청년은 이제 나처럼 쪼그랑망태기 할배가 되었다."

원양어선 무용담 끝에 노인은 할배를 운운하며 입술을 비죽거린다. 공동 어시장 바닥에 쪼그리고 앉아서 빠끔빠끔 담배를 태우며 듣고 있던 청년이 하하하 웃는데, 노인은 더 웃지 않는다.

그 먼 바다에서 영영 청년으로 사라져버린 이들의 얼굴이 아직도 생생하기 때문이다.

머쓱해진 청년이 담뱃불을 비벼 끄고 일어선다. 그가 새로 생긴 회 센터 건물 안으로 사라지자마자 붉은 고무함지 속을 박차고 물고기 한 마리가 노인 있는 쪽을 향해 튀어 오른다. 그러나 곧 추락해 물 없는 고기로 거품 물고 퍼덕인다.

"아이고! 내 돈 달아난다."

자갈치 아지매가 외마디를 뱉자마자 탈출한 고기를 꽉 붙잡아 함지 속에 되던져 넣는다.

시장 바닥엔 삶이 빈번히 나뒹군다. 도망이란 대체로 희망 없는 짤막한 자유인 것을. 그래도 이 바닥 생명들은 최후까지 펄펄 살아 뛰려든다.

공동 어시장을 관리하는 사람 중에 김씨의 유세도 펄펄 살아 뛴다.

"좌판이고 우판이고 간에 이 바닥에 판 벌리고 장사하는 사람 중에 나한테 시비 걸 수 있는 년 놈 하나 없다!"

그런 소리를 자갈치 구석구석에다가 못 박으며 돌아다닐 수 있는 건, 순전히 더 비려서 맛나다는 뒷방고기 덕분이다.

그는 비가 오나 눈이 오나 생선 반 얼음 반으로 발 디딜 틈이 없는 어시장을 꼭두새벽부터 지키는 자다. 그래서 누구라도 김씨와 마주치지 않고선 자갈치 바닥을 못 밟는다는 소리가 나돈다.

어둠이 채 가시지 않은 시각에 선착장 근처를 유령처럼 서성이며 김씨가 기다리는 건 사람보다 고기잡이배이다.

제일 먼저 닿는 쪽배에는 이름이 없다. 얼굴 내미는 사람도 고기 잡는 면허가 없다. 그 사람은 모자를 깊이 눌러쓴 낚시꾼 차림으로 선착장에 내려선다. 그리고 김씨의 활어차에 자연산 횟감을 던지듯 쏟아붓고 김씨 어깨를 스치듯 얼굴만 보고 부리나케 간다.

이름 없는 쪽배와 김씨의 활어차가 교류할 땐, 자갈치 선착장을 두드리며 찰박이던 검은 물결도 숨을 죽인다. 수년째 벙어리 수화 나누듯 서로의 입술 움직임과 접고 펴는 손가락 표시만 확인하면 거래든 뭐든 만사 오케이다.

시야에서 쪽배가 완전히 사라질 때까지 김씨는 내일 새벽을 또 기약한다는 뜻으로 두 손을 흔들며 중얼거린다.

"면허가 다 무슨 소용이야, 고기만 최상품이면 누이 좋고 매부 좋지. 상인은 마진 많이 남아서 좋고 손님은 입맛 살아 좋으니, 이보다 더 좋을 수가 없는 거다!"

그 다음에 닿는 고기잡이배 '선영이'는 제법 근사하다. 불은 꺼졌지만 열기가 채 가시지 않은 집어등을 치렁치렁 달았고 선체 앞뒤엔 젖은 로프가 뱀인 양 똬리 틀고 앉아있다. 조업을 마친 지 얼마 안 된 것 같은데, 그물은 진작 손질해서 다 접어 넣은 듯 어디에도 안 보인다.

선착장에 내려서는 인물 훤한 뱃사람에게로 김씨가 다가서며 담배 한 개비에 불을 붙여 인사와 함께 건넨다.

"이번에도 젤 수고했재?"

뱃사람은 그가 건네는 담배를 반갑게 받아 얼른 입에 문다. 그러나 곧 그가 어깨를 움츠리며 연기와 함께 말을 뿜어낸다.

"아, 말도 마소. 요새 들어 단속이 어찌나 심해지는지, 내는 앞으로 생계가 막막하요, 형님."

그러나 김씨는 코웃음 친다.

"아따, 이 사람 엄살 늘어놓기는! 자네 별명이 괜히 '싹쓸이 그물코'인가? 다 죽어 나자빠져도 자네의 고데구리선 노하우라면 이 자갈치바닥 사람들까지 배 안 굶게 할 테니, 나는 아무 걱정이 없네. 오늘도 자네 잡아온 고기나 함 보자!"

그 소리에 기분이 좋아진 뱃사람이 생선상자를 자랑스레 열어 보인다. 숨 끊어지지 않은 어린 고기가 속살 다 보이도록 아가미를 들썩이며 김씨를 노려본다.

"호오라. 시퍼렇게 꼬나보면 우짤건데?"

김씨의 그 소리에 흥분이라도 한 듯 고기 한 마리가 튀어 오르더니 상자 바깥에 떨어져 연신 꼬리로 바닥을 내리친다.

"브라보! 힘 좋은 네 놈은 우리 예쁜이 누님 몫이다."

김씨가 예쁜이 운운하자 뱃사람 입꼬리가 가늘어지며 올라간다.

"생선구이 집에 영도댁 말입니까, 형님?"

영도댁은 키 크고 목이 길어 호리 낭창한 몸매이다. 바닷바람 맞아온 여인네답잖게 얼굴색도 희었다. 그녀는 여느 자갈치 아지매들과 똑같이 뽀글파마를 하고 몸뻬를 입었어도 남달리 태가 났다. 커다란 눈꼬리뿐 아니라 앙다물고 있는 입술 끄트머리도 살짝 치켜 올라가, 마주하는 사내들 가슴마다 방망이질 치게 했다.

김씨는 영도댁 모습을 떠올리다 뱃사람을 향해 정색하고 나무란다.

"어허, 자네. 너무 많이 알면 다친다는 말 모르나? 옛다!"

뱃사람이 김씨로부터 지폐를 받아들고 손가락에 침을 퉤 뱉는다. 잽싸게 헤아리며 그가 투덜댄다.

"아……, 내가 형님이니까 이 가격에 고기 넘기는 겁니대이."

그러자 김씨가 그의 어깨를 두드리며 나무라듯 타이른다.

"어허, 동상! 우리 사이에 쓸데없는 잡소리가 많구먼."

고데구리선이 발동을 걸자 아쉬운 표정으로 돌아서는 뱃사람 뒤통수에 대고 김씨가 외친다.

"일 없는 날 밤에 함 보자. 아, 술보다 아가씨 좋은 데로 내캉 함 가자고!"

그 소리에 뱃사람이 돌아보며 이를 드러내고 웃는다.

이름 없는 쪽배의 자연산 횟감이든 고데구리선의 어린 고기든, 김씨가 치렀던 값의 다섯 배를 불러도 자갈치 장사치들은 서로 못 사 안달이다.

"아, 그래도 사람이 의리가 있지……."

의리가 밥 먹여준다고 반평생 그리 믿고 살아온 김씨는, 평소 저와 사이좋게 지내온 상인들한테로 딱 세 배만 받고 선심 쓰듯 고기를 넘긴다.

그런 김씨를 두고선 인정 많고 머리 좋은 부산사내 중에 진짜 부산사나이라는 평도 만만찮다. 그 무슨 말도 안 되는 소리냐고 손사래 치는 사람들 중에, 한때는 영도댁도 섞여 있었다. 그녀보다 서너 살 어린 김씨가 한울식당에 들어서서 온갖 수작질을 걸어도 그녀는 변변한 대꾸 한마디 해주지 않고 지내왔다.

그러던 어느 날에, 김씨의 어릴 적 꼬치친구라는 자가 자갈

54

치로 와서 김씨를 찾았다. 외양만 봐선 김씨하고 친구라 믿기 어려웠다. 그 친구는 줄무늬 양복을 빼입었고, 모자하고 구두는 흰색으로 깔 맞춤한 차림새였다.

아무리 봐도 어울리지 않는 그 둘이 어디를 그렇게나 싸돌아 다녔는지, 자정을 한 시간 남겨놓고서야 한울식당을 찾아와서 마주보고 앉았다. 그 둘이 생선구이를 뜯으면서 술잔을 주고받는 동안, 처음에는 옛날 소리를 주고받으며 흥겨운 듯했다.

한 시간 남짓 대작하던 그들의 목소리가 거칠고 커지기 시작하자 영도댁은 좀 걱정이 들었다. 그들 가까운 데를 정리하는 척 왔다 갔다 하며 대화를 엿들었다.

그러니깐 이 바닥으로 니가 점포 갖고 들어오면, 고기납품을 독점하게 해달라고? 그러면 자갈치에 좌판 깔고 생선 팔이 해온 아지매들은 다 우짜라고! 김씨가 버럭 역정을 냈다.

그의 꼬치친구는 웃는 낯으로 살살 김씨를 달래다 그만 지쳤는지 급작 언성을 높였다.

어릴 적엔 앞뒤가 꽉 막힌 놈이 아니더니, 살면서 이래저래 급살 맞을 경우를 겪었나? 니 공이 클수록 우리 큰형님이 한 몫 단단히 챙겨주겠다는데, 니 사람을 와 그래 못 믿노?

이놈아! 니 말대로 하면 그야말로 자갈치가 급살 맞을지 모르는데, 내가 수십 년을 정 박고 살아온 고향 같은 곳이 바로 이 자갈치다. 큰형님이고 나발이고 그 작자가 하자는 대로 한다는 것은, 이 자갈치에 내가 딱 배신이고 배반이야! 딴데 가서 알아봐.

김씨가 그렇게 내뱉고 술잔을 입으로 가져가는데, 꼬치친구가 벌떡 일어서며 외쳤다.

이 빨갱이 새끼가? 어릴 적에는 불쌍해서 놀아주고 챙겨줬더니……, 인자 자갈치서 돈푼깨나 모았다고 사람을 아래로 보네?

그 소리가 채 끝나기도 전에 김씨 입술에 붙었던 술잔이 그의 꼬치친구 머리를 향해 날았다. 술을 뒤집어 쓴 채 이마를 붙잡고선 나 죽네, 나 죽네, 신음하는 그를 향해 김씨가 달려들었다.

개자식, 누가 빨갱이야? 니가 봤나? 내 아버지 속이 빨간색인지 파란색인지 니가 봤냐고?

아이고, 김씨! 마 진정하소. 마침내 영도댁이 끼어들어 높이 쳐들고 있는 그의 손을 붙잡았다.

놓으소. 영도댁 이거 퍼뜩 놓으란 말이요!

김씨와 영도댁이 실갱이 하는 새, 꼬치친구는 한울식당 문을 밀고 부리나케 달아났다. 그가 사라지자 쫓아나갈 줄 알

앉던 김씨가 자리에 주저앉아 어린아이처럼 흐느끼기 시작했다.

영도댁은 놀랐던 가슴을 쓸어내리며, 주섬주섬 탁자를 정리했다. 김씨는 그만 집으로 갈 생각을 놓은 사람처럼 제 무릎 사이에 머리를 처박고 구슬프게 울었다. 영도댁은 말끔해진 탁자 위에 해장이 될 만한 홍합탕 한 그릇을 떠다 놓고 김씨를 불렀다.

김씨……, 무슨 일인지 모르지만 을라도 아니고, 그만 울어요. 따신 국 한 그릇 먹고 나면 속이 좀 풀릴 게요.

그러자 김씨가 고개를 들었다. 바늘로 찔러도 피 한 방울 나오지 않을 만치 뻔뻔하고 독한 사람이라 여겨왔는데, 눈물에 젖은 수척한 얼굴은 세상에 서럽고 나약해 보였다.

누님요, 나 해장술도 한 병 주소.

영도댁이 문 닫을 시각이 지났으니 국만 비우고 그만 가라 해도 김씨는 막무가내였다.

나 해장술 한 잔 안 주면, 이대로 집에 가서 소주에 고춧가루 타 마시고 콱 죽어버릴 거요. 어차피 나 죽어도 서글퍼할 가족 한 사람 없소.

마침내 영도댁이 한숨을 내쉬며 막걸리 한 병을 내왔다. 그리고 잘 흔들어서 그의 술잔에 기울였다.

김씨 입이 찢어졌다. 살다 보니 내가 요래 예쁜 누님한테 술도 다 받아보네…….

또 아무데나 흰 소리 한다, 김씨.

히히.

김씨가 웃는 소릴 듣고 영도댁은 마음이 좀 놓였다. 그가 술잔을 단숨에 비우더니 물어왔다. 누님은 와 맨날 영도다리를 걸어 왕래 하시요? 멀쩡한 버스를 무시하고 와 걸어 댕기냐고요!

맨날 걸어서 오가는 걸 김씨가 어째 아느냐고 물으려다, 그녀는 물 차오르듯 떠오르는 한 사람 생각에 막걸리 한 잔을 단숨에 들이켰다. 크……. 나야 영도다리에 추억이 많아 그렇지…….

누님요, 나는 다리라면 아주 징그럽소. 울 아부지가 나 어릴 적에 돌아오지 않는 다리를 건너 이북으로 가버렸소. 살았으면 울 아부지 환갑이겠구나, 또 이젠 울 아부지 칠순이겠구나. 손가락 꼽으며 기다렸는데, 인자는 마 어데서 안 죽었겠나 싶소.

아……, 세월이 흘러도 너무 흘러버렸소. 내 그 구질구질한 세월 동안 빨갱이 자식이라고 손가락질 하는 놈들을 피하고 또 때리면서 살아내다 보니, 어절씨구. 나도 낼모레면 지

58

천명이네……, 히히.

김씨한테도 남모르는 아픈 사연이 있었구나 싶어 영도댁은 막걸리 한 잔을 또 부어 마셨다. 그리고 몇 해 더 산은 사람답게 한 소리 해주었다. 다리라면 아주 징그러워선 못 써요, 김씨. 부산의 영도다리는 절대로 그런 다리가 아니야……. 그녀가 그렇게 열기 시작한 말문은 새벽이 되도록 막히지가 않았다.

영도다리를 그녀는 신랑 이영도 손을 붙잡고 함께 걸어 건넌 것이 처음이었다.

이제는 하루에 한 번도 바닷길을 열지 못하는 바보다리가 되어버렸지만, 열리는 시절을 기억하는 사람이 하나라도 있으면, 다시 올라가고 내려가고 할 거야.

영도바다에 또 다시 뱃길이 열리길 바라듯 그가 간절한 목소리로 말했다.

그런데 금순 씨, 당신이 내게 읽어줬던 여러 책 중에 말이야. 사막이 아름다운 것은 오아시스가 있어 그런 것이고 밤하늘이 아름다운 것은 별이 있어 그런 것이라 했지?

아, 잘 기억하고 있네요. 그때…… 책에는 안 적혀있지만 바다가 아름다운 것은 등대가 있어 그렇고 당신이 아름다운 것은 내가 있어 그렇다고, 영도 씨가 고쳐 말씀했던 것을 나도 잘 기억하고 있어요.

평생 영도댁으로 살기로 약속한 금순이가 여전히 가슴 설레하며 그를 향해 대꾸했다.

그랬지⋯⋯. 이 다리를 건너서부터는 같은 부산이라도 뭍이 아니라 영도 섬이야, 금순 씨. 이 섬이 아름다운 것을 난 흰여울길이 있기 때문이라 여긴다.

아⋯⋯ 어째서 그렇습니까?

그건 가 보면 알아. 살아 보면 더 잘 알게 될 거야.

이영도는 다리를 다 건너가기 전에 금순이가 좋아하는 소설책 속의 표현을 빌어서 흰여울길을 아름답게 소개했지만, 금세 이실직고 하듯 다른 소릴 덧붙였다.

금순 씨. 흰여울길은 영도 봉래산 비탈에 사람이 살아보려 기적처럼 낸 길이야. 고만고만한 크기의 집들이 벌집처럼 닥지닥지 붙어있다⋯⋯. 그나마 내가 살아온 집은 개중(個中)에 나은 시멘트집이야. 산비탈에 온통 벌집이라, 밖으로 나서면 길을 잃어버릴 만치 복잡해.

그래서 흰여울길은 마도로스의 여자가 많은 동네다⋯⋯. 그런 곳에다가 마누라를 데려다 놓아야 서방이 물 위에 떠 있는 동안 딴 데로 도망 못 간다고, 뱃놈들은 믿고 있거든.

우리 신혼 방을 자갈치 근처에다가 새로 얻으려 했는데……, 좀 알아보고 하다가 관뒀어. 내가 다시 배를 타고 먼 바다로 나가기로 작정했잖아. 결혼 전에는 다른 마도로스들이 마누라한테 너무 한다고 비난했는데……, 나도 막상 결혼을 하고 나니 당신이 달아날까 불안한가봐 금순 씨.

흰여울길과 마도로스 마누라에 대하여 긴 말을 마치고, 영도는 고개를 푹 숙인 모습으로 걸었다.

영도 씨, 금순이는 영도댁이예요……. 이 다리가 영도 씨 바람대로 다시 올라갔다 내려오는 날이 와도 내 마음은 영영 변치 않을 거예요. 악, 영도 씨!

말끝에 금순이가 비명을 내지른 이유는 이영도가 그녀를 번쩍 안아들었기 때문이었다. 놀람보다 설렘으로 터질 것 같은 가슴으로, 금순이는 거기서부터 영도다리 끝까지 그의 품에 안겨 건넜다. 섬에 첫발을 디뎠을 때, 똑같이 사람 사는 동네임에도 금순이 눈엔 모든 것이 새로웠다.

술이 깨면 냉장고서 또 내다가 마시면서 김씨는 답지 않게 다소곳이 앉아 영도댁 이야기를 다 들어주었다. 이해 가요, 누님. 나 이해가 가. 그렇게 추임새 넣으면서 간간이 제 얘기도 했다.

아무리 머리 좋고 성품 좋으면 뭐 하겠는교! 김씨는 아비 없는 후레자식에다가 빨갱이 새끼라 불렸다고 했다. 김씨는 돌아오지 않는 다리를 건너 북쪽으로 사라져버린 아버지를 기억 속에서 지우며 세상에 이를 악물었다.

그는 자갈치 어시장에서 생선상자를 나르는 일부터 시작했다. 힘은 타고났고, 오직 제 한 몸 잘 지키려 복싱도장에 나가고 유도도 배웠다. 그러니 누가 시비라도 걸면 즉시 생선 패대기치듯 시장바닥에 때려눕힐 수 있었다.

그러다 뱃사람과 장사치 사이에서 생선을 중개하는 일을 시작했다. 어찌나 신뢰와 수완이 좋은지, 인연 엮이는 대로 뱃사람이든 장사치든 김씨하고는 형님요 아우님요 하는 사이가 되었다.

김씨는 돈이 조금 모이자, 불우하고 정붙일 데가 없어서 대목 때마다 자갈치시장을 누비며 소매치기 짓을 하는 소년들을 거뒀다. 먹이고 입히면서 제 일을 거들게 했다. 하나 둘 그를 따르는 청년들이 늘기 시작하더니 김씨를 중심으로 '자갈치청년회'가 만들어졌다.

김씨는 쪽배와 고데구리 배에서 획득한 뒷방고기를 가난한 장사치들한테는 거저 주듯이 넘겼다. 제가 짝사랑하는 영도댁한테로는 청년회 꼬봉을 시켜서 아침마다 그날 팔 거리만큼을 거저 보냈다.

몇 번 거절하던 그녀가 생선살맛이 다르다는 손님들 소리에 마지 못하는 척, 그가 보내오는 뒷방고기를 받기 시작했다. 대신에 김씨가 영도댁한테 제안한 것이 있었다. 한울식당에서 그는 언제 들러도 돈 안내고 공짜 밥에 공짜 술 먹기였다.

영도댁은 그러기로 약속했다. 누가 김씨를 두고 싫은 소릴 하면, 그 사람이 보이는 게 다가 아니라고 하며 그를 두둔하게 되었다.

좋은 인연이란 살아가면서 요래 사람이 만들어가는 거요, 누님. 김씨는 손님 없는 시간에 들러, 영도댁 가슴이랑 엉덩이를 슬쩍 만지고 달아나며 짓궂은 장난도 쳤다. 미운 정도 정이라고, 공동 어시장 일이 바빠서 김씨가 한울식당에 들리지 못하는 날이면 어쩐지 영도댁은 허전하기도 했다.

그녀와 그는 막걸리 잔에 이런 저런 얘기를 타서 마시면서 취했다 깼다 반복했다. 파김치가 된 영도댁과 김씨는 동트기 전에 쪽방 문을 열고 나란히 엎어졌다.

누님요, 이영도는 죽었어요. 김씨가 영도댁 귀에 대고 그리 속삭였다.

영도댁이 두 손을 내저으며 뭐라 말하려다, 술기운에 입술만 달싹였다. 그 입술을 온몸이 달아오른 김씨가 덮쳤다. 조심스레 영도댁 아랫도리를 벗기는 김씨 손이 떨렸다.

아까워서 어째 먹나…….

그가 중얼거렸지만, 잠 속으로 잠 속으로 깊이 빠져드는 영도댁은 아무 대꾸가 없었다. 애간장 태웠던 날들에 비해, 김씨는 너무 쉽게 그녀의 속살을 맛봤다. 자갈치 온 바닥을 헤집어도 이보다 더 여리고 쫄깃한 조갯살을 구할 순 없겠구나 싶었다. 김씨는 제 비릿한 체액을 질금질금 게워내고 있는 분홍빛 조갯살에 입술을 갖다 댔다. 그러고 핥고 빨다 까무룩 잠이 들었다.

영도댁이 갈증에 눈을 떴을 때, 김씨는 그녀 허벅지를 베고 누워 코를 골고 있었다. 기가 막히는 광경이었지만 영도댁은 아무것도 부인하지 않기로 했다. 밤새 그녀는 누구에게도 하지 못하고 살았던 이영도 소리를 속 시원히 쏟아냈고, 그에 질세라 김씨는 제 아버지 소리로 응답했다.

이영도하고 김씨의 아버지는 돌아오지 않는 사람들이고, 영도댁과 김씨는 기다려 온 사람들이라는 점에서 닮아있었다.

영도댁은 살며시 제 다리를 거두고 김씨 머리 밑에 베개를 받쳐주었다. 어느 결에 잠이 깼는지 김씨가 눈을 비비며 말했다. 영도댁 누님요, 나 요래 늙어보여도 총각이요. 나랑 살림 합쳐주면 자갈치 근처에다가 작아도 예쁜 집을 살 거요.

누님요, 우리 뭍에서 삽시다. 섬처럼 한없이 떠있는 외로움보다야 기다리는 아픔이 없는 뭍이 더 낫지 않겠소. 나는 누님 보고 잡아서 마음이야 밤마다 영도다리를 한달음에 건너 흰여울길로 달려가요.

영도댁이 그의 구애는 슬그머니 못 들은 척해버리고, 김씨를 향해 냅다 대꾸했다. 흰여울길에서 김씨를 본 사람이 아무도 없으니까 아이고 마, 거짓부렁 쫌 고만 하시게나!

아따…… 누님은 속고만 살았소? 참말로 그 마음이 내 진심이라니까……. 간밤에 술 취해갖고 들어서 기억이 잘 안 나는가 본데, 나는 다리라면 아주 징그럽다 하지 않았소……. 돌아오지 않는 다리를 건너 북쪽으로 가버린 내 아비가 생각나서, 영도다리건 무슨 다리든지 간에 쳐다만 봐도 나는…… 가운뎃다리까지 후덜거리요.

흰여울길

봉래산 할매

영선이 영주 남매가 건어물 점포들을 지나, 꼼장어 구이집이 즐비한 자갈치 옛 시장 길로 들어선다.

"아이고, 오늘은 남매가 나란히 엄마한테로 가는 길인가 보네? 아주 그냥 자갈치 바닥이 훤하다, 훤해!"

순덕이네 아지매는 목소리가 크다.

호객하느라 길바닥에 나와 서있는 거제도 할매와 빨간 모자를 쓴 아지매도 남매를 부른다.

"너거 남매 보면 영도댁은 밥 안 묵어도 배부르겠다."

"야, 영선아! 오늘도 영도다리 신나게 올렸다가 내렸나?"

그 둘에게로 인사말을 건네는 시장 장사치들에게로 영선이는 예, 안녕하시죠 하고 답례하거나 살짝살짝 고개를 조아리며 간다. 그러나 영주는 시장사람들을 곁눈질도 하지 않고 성큼성큼 걷는다. 홀라당 껍질 벗겨 시뻘겋게 요동치는 꼼장어 굽는 냄새가 등천하는 그 길을 단숨에 벗어나버린다.

영선이가 종종 걸음으로 영주를 쫓으며, 같이 가자고 몇 번 외쳐도 뒤돌아보지 않는다.

그는 생선구이 냄새가 새어나오는 한울식당 앞에 닿아서야 걸음을 멈춘다.

식당 문을 열며 "어머니!" 하고 영선이가 부르자 영도댁이 주방 쪽에서 얼굴을 내밀고 함박웃음이다.

"우리 영주도 왔네. 너거 둘이 어쩐 일로 이 시각에 식당엘 같이 다 왔노?"

영도댁은 그리 물으며 얼른 냉동실 문을 연다.

그녀가 얼음을 꺼내는 것을 보고 영선이가 달려든다.

"냉커피로 석 잔 내가 금방 만들게요!"

영도댁이 물러서며 대꾸한다.

"그래라. 점심상 다 걷었으니 나도 한 잔 마실란다."

영도댁은 양손을 뒤로 돌려 허리를 두드리며 영주 곁에 가 앉는다.

영선이가 커피를 타며 종알댄다.

"나 이제 대학 졸업반이니까 주방에 사람 한 분 쓰셔도 된다니까요, 어머니. 적지만 페이도 받잖아요."

"안 된다. 우리 영주 대학 안 간다 안 간다 해도 언제 또 가

68

고 싶을지 모르는데, 내 악착같이 더 벌어 모아야지. 탁자 여
섯 개짜리 식당에 일하는 사람을 와 더 쓰라 하노? 나 혼자
서도 충분하다."

그녀 옆에 앉은 영주가 한숨을 쉬며 중얼거린다.

"대학 갈 필요성을 전혀 못 느낀다고 말씀드려도…… 어머
니 황소고집은 날이 가고 해가 가도 꺾일 줄을 모르고……,
불효자는 웁니다……."

그 소리에 영도댁이 주먹을 쥐는 시늉을 하며 나무란다.

"예끼, 이놈아!"

영선이가 탁자 위에 냉커피 석 잔을 내려놓으며 발랄하
게 말한다.

"근데 어머니, 연중무휴 한울식당 신화를 오늘 우리가 깨
러 왔어요."

"뭐라?"

"그러니 저녁장사준비는 하지 마세요. 저녁거리 싸서 집으
로 셋이 같이 가요."

"갑자기 어째서 그러냐?"

영선이 대신 영주가 대답한다.

"오늘은 어머니 허리도 좀 쉬어야 하고요, 제가 긴히 드릴
말씀도 있어요."

영도댁은 잠시 망설인다. 오늘같이 중요한 날에 더 중대한 말을 단 둘이 나눌 것이 있으니까 저녁 늦게 식당 쪽방에 술상을 좀 봐 놓아달라고, 김씨가 오전에 들러서 신신당부하고 갔다. 오늘이 어째서 중요한 날인지는 잘 모르겠으나 그가 영도댁하고 몸을 섞은 지 보름이 넘었으니 필시 끌어안고 쪽방을 뒹굴고픈 욕정이 끓을 테다.

영도댁보다 네 살이나 나이 어린 김씨는, 쪽방에 들면 그녀의 젖무덤에 어린 아이처럼 얼굴을 묻었다. 꼭지를 거칠게 빨다, 순식간에 허리띠를 풀고 그녀 속으로 무섭게 파고들었다. 좋고 싫고를 분별치 못할 경지에 이르면 영도댁 아랫도리가 저절로 바들바들 떨려, 그만 밀어내도 좀체 놓아주질 않았다.

누님요, 이만하면 내가 최고의 서방감 아닌가? 밤마다 요래 죽여주고 싶다고 누님 없이는 하루도 못 살겠다고 김씨는 매번 그리 말해왔다. 영도댁이 짐작건대, 오늘 밤 그는 그녀로부터 살림 합치겠다는 확답을 받을 심산인 듯하다. 그런 김씨 소리를 일체 입 밖에 내지 않고, 영도댁은 남매를 향해 고개를 끄덕이며 그러자고 한다.

"야호, 날마다 영도다리 밑에서 축제를 짓다가 흰여울길 우리 집에서 오래간만에 가족파티 하겠네."

영선이 소리에 셋이 서로 보며 웃는다.

영도댁이 점심상 물린 탁자 여섯 개를 깨끗이 닦는 동안 영선이는 생선과 채소 따위의 장사거리를 일부는 집에 가져가려 비닐봉투에 담고, 나머지는 내일 아침까지 신선도가 떨어지지 않게끔 냉장고에 잘 보관한다. 영주는 주방에 서서 영도댁이 하다 말은 설거지를 꼼꼼히 마무리 한다.

"버스는 우리, 영도다리를 걸어 건너가서 타자꾸나. 셋이 같이 걸음 금방이다."

"그러실 줄 알았네요, 우리 엄마는 빼도 박도 못하는 영도댁이지!"

"너거가 지금 장사를 공치게 하는 것도 부족해서 이 어미를 놀려 먹나?"

밝은 낯빛으로 영도댁과 영선이 그리고 영주가 한울식당 문을 밀고 나선다. 영도댁이 열쇠로 단단히 잠그자 영선이가 미리 준비한 종이 한 장을 꺼내 붙인다.

'영도댁은 오늘 밤 쉼이 필요해요.'

완곡하고 단호한 글 한 줄을 들여다보고, 영주가 미소 지으며 고개를 끄덕인다.

자갈치에 한울식당 바로 맞은편이 어시장 공판장 입구다. 거기서 관리인 김씨가 달려 나와서 오늘 밤 나랑 한 약속은 어쩌고 식당 문을 벌써 걸어 잠그느냐고 따질까봐, 영도댁은 신경이 쓰인다. 그러나 다행히 김씨 모습은 보이지 않는다.

오른편에 영선이를 왼편에 영주를 끼고, 영도댁은 저녁 장사 준비로 분주해지기 시작하는 꼼장어집 앞을 하나 둘 셋…… 지나간다. 장사치들이 남매한테 아까 했던 소리를 다 들은 사람인 양 그녀의 어깨에 잔뜩 힘이 들어가 있다.

건어물가게 길까지 빠져나와 그들은 뭍에서 섬 쪽으로 발걸음을 옮긴다. 목전에 영도다리가 보이는 횡단보도를 건너면서 영도댁은 영선이한테 묻는다.

"오늘 열네 시에도 다리 밑에서 축제 잘 지었냐?"

"그럼요, 어머니. 날이 갈수록 영도다리 도개 이벤트가 자리를 잘 잡아가는 것 같아, 우리 축제를 짓는 사람들이 자랑스러운걸요. 오늘 뒷정리는 영주가 와서 거들어 줘 고마웠고요."

"잘했네. 장차 무지개전사가 될 우리 영주는 외국어 공부 잘 되어가고?"

영도댁이 영주한테로 묻는데 대답이 없다. 저녁거리가 들어있어 묵직한 비닐봉지를 한 손에 들고 다리 갓길로 발을 올려놓으면서도, 그는 뭔가 골똘히 생각에 잠긴 모습으로 내내 걷고 있다.

작년 이맘때쯤 자갈치 선착장에서 바다로 뛰어들었다 건져진 뒤로, 영주는 대하기가 영 어려운 아들이 되어버렸다. 해선 안 될 말을 해버렸다고 김씨가 백번 사죄했을 때, 사실 영도댁은 눈 하나 깜짝 안 했다.

영주가 어쩌다 보니 김씨 같은 생판 남한테서 제 출생의 비밀을 다 듣고 문득 알아버렸다. 영주의 마음속 사정이야 시끄러울 것은 당연해도, 그녀한테 영주는 영선이보다 더 끔찍하고 애틋한 자식인 것을. 해서 쓸데없는 걱정 따위를 그녀는 하지 않았다. 말수 적어도 속내가 열길 물속보다 깊은 아들 영주를 영도댁은 믿기로 한 것이다.

그런 심정으로 남매를 키워온 그녀의 속마음이 야속하기라도 하다는 듯이, 철부지 영선이는 다리 밑에서 주워왔다는 영도댁의 엄포를 진실로 알아듣고 집을 나간 적이 있었다.

엄마는 맨날 나한테만 뭐라 하고, 영주가 먼저 잘못했는데…… 흑, 영주가 잘못한 건 왜 하나도 안 따지냐고요! 영선이는 야단맞을 때마다 그리 서럽게 외치며 흐느꼈다.

영선아, 너는 누나잖아…… 누나하고 동생하고 어데 똑같으냐? 뭐라 해놓고 영도댁이 마음 아파 달래도, 영선이 생각은 섬과 육지를 잇는 다리 밑으로 달아났다.

남매가 다퉈 영도댁이 화를 내는 날엔 영선이를 주워왔다고 영도댁이 얘기하는 다리, 바로 그 영도다리 밑으로 찾아가면 제 억울함과 서러움을 달래줄 누군가가 꼭 있을 것만 같았다.

그래서 아홉 살 영선이는 무작정 집을 나온 적이 있었다. 문을 열고 바깥으로 나섰다.

일몰에 붉어지고 있는 기다란 마당 같은 흰여울길을 따라 한길 쪽으로 열심히 걸었다. 신고 있는 운동화가 커서 발가락에 힘이 빠지면 벗겨질 것 같았다.

이것도 다 영주 때문이다!

영도댁은 영선이가 신다가 작아지면 동생 영주한테로 물려줘야 하니까, 늘 큰 것으로 사다주며 깨끗하게 신으라고 당부했다.

쳇! 영선이는 일부러 흙을 차며 걸었다. 담장 우에 꽹이갈 매기가 줄지어 내려앉으며 영선이를 말리듯 걱정스레 우짖었지만 눈길도 주지 않았다. 정류장에 제일 먼저 닿은 버스에 올라탈 때도 뒤돌아보지 않았다.

영도댁을 따라 몇 번 다녀본 적 있는 우체국 앞에서 영선이는 버스를 내렸다. 주먹을 단단히 쥐고 고개를 뒤로 한껏 젖혔다. 머리 위 초록색 표지판에서 〈영도다리〉라는 글자를 확인하고, 화살표가 가리키는 방향으로 다시 무작정 걸기 시작했다.

행여 집 나온 어린 아이처럼 보일라, 영선이는 몸을 꼿꼿이 하고 턱을 당겼다. 두 손을 찔러 넣은 호주머니 속에서 백원짜리 동전 하나와 십 원짜리 동전 네 개를 수백 번이나 헤아리며 걸었다.

마침내 눈앞에 다리가 보였다. 영도댁이 영선이를 주워왔다고 말했던 '다리 밑'이 정확히 어딘지 알 수 없었다. 거기엔 작은 천막 같은 붉은 집들이 흰여울길 사람들이 집 앞에 내다놓고 키우는 텃밭화분처럼 늘어서 있었다. 노란 전등알을 달고 있는 그 집집마다 기웃거렸지만, 아기를 버렸을 법한 여자는 한 사람도 보이지 않았다.

이 집도 할배가 지키고 저 집도 할배가 지키는 중이었다. 그들은 테이블 위에 두꺼운 책을 펼쳐놓았을 뿐 보지 않고, 신문을 들여다보고 있거나 졸고 있었다. 영선이가 고개를 들이밀며 조그맣게 저기요 하고 불러도 돌부처인 양 꼼짝 하지 않았다.

텃밭 화분같이 늘어서 있는 맨 끝집에는 흰 머리카락을 단정하게 쪽지고 하얀 저고리를 입은 할매가 앉아있었다. 용기 내어 아까보단 큰 소리로, 저기요 할머니 하고 영선이가 할매를 불렀다.

아가야 어서 오너라. 할매가 영선이와 눈을 맞추며 조용한 목소리로 응답했다.

냉큼 그 집에 들어서서 할매 맞은편에 놓여있는 낚시의자에 앉으며 대꾸했다. 저는 아가가 아니에요, 할머니. 제 이름은 영선이고 올해 아홉 살이에요. 그리고 물었다. 할머니는요?

허허, 그렇구나. 할매가 영선이 얼굴을 들여다보며 소리 내어 웃었다. 그리고 이어 말했다. 나는 이름도 나이도 잊어버렸다. 그저 사람들이 나를 봉래산 할매라고 부른단다.

그럼 할머니 집이 봉래산이에요?

그렇지. 너는?

우리 집은 저 다리 건너 흰여울길에 있어요. 어딘지 아세요?

알다마다. 내 집에선 영도 섬 전체가 훤히 내려다보이니까. 그런데 너는 날이 다 저물었는데 왜 여기를 기웃거리며 다니고 있느냐?

우리 엄마가 영도다리 밑에서 저를 주워왔다고 했어요. 혹시…… 여기 어디쯤에다 아기를 버린 여자를 알고 계신가요, 할머니?

대답 대신 할매는 한참 동안 할배처럼 껄껄껄 큰 소리 내어 웃었다. 그러더니 아가야 하고 다시 불렀다.

아이 참, 할머니! 제 이름은 영선이라니까요.

그래, 그래. 영선아! 네 엄마가 뭍에서 주워온 아기는 여자 아기가 아니라 사내아기다. 그렇게 말하며 할매는 손가락으로 자갈치 있는 쪽 방향을 가리켰다.

예?

아이든 어른이든……, 세상에 버림받는 사람들이 너무 많구나. 그러나 이 영도다리는 말이다, 아가.

어리둥절해하는 영선이 얼굴을 들여다보며 할매가 조용히 말을 이어갔다. 다리 밑에는 주워서 품는 이가 있지 함부로 버리는 사람은 없어 왔다. 떠나는 자가 있되 반드시 기다리는 이가 있는 곳이다. 누가 떠나든 나도 항상 기다리고 있다. 그러니까…… 이별해도 만남을 기약할 수 있는 데가 바로 이 영도다리다.

그리고 할매가 영선이에게 느닷없이 물었다. 아가, 너는 아버지가 없지?

영선이가 잠시 머뭇거렸다. 그러나 곧 있어요 하고 대답했다.

어째서? 보이지 않는데 어째서 있다 할 수 있느냐?

우리 엄마가 날마다 기다려요. 빨랫줄에 매일 샛노란 수건을 넣어두는 게, 돌아오실 아버지를 환영하는 표시랬어요.

그렇지, 그렇구나, 아가야. 그러니 네 아버지는 지금 당장 눈앞에 없는 듯해도 영영 있는 것이 맞다. 영선아, 너도 너무 멀리 가지 말거라. 네 엄마가 기다리는 흰여울길로 어서 돌아가거라. 자, 이 할미가 네 점을 다 봐준 셈이니 복채를 내놓거라.

아, 이 할머니는 어른들이 말씀하시는 점쟁이였구나…….
그리 생각하며 영선이는 옷 호주머니에 손을 넣었다. 그 속에 들어있는 동전을 할매 앞에 죄다 꺼내놓았다.

제 전 재산이에요, 할머니. 그리고 영선이는 한숨을 쉬었다. 그런데 이것을 다 드리고 나면 저는 집으로 돌아가는 버스를 탈 수 없어요.

허허. 할매가 잠시 눈을 감고 웃었다. 다시 눈을 뜨자마자 영선이가 내놓은 동전 중에 십 원짜리만 골라 들더니, 영선이에게 앉아있는 자리에서 그만 일어서라 했다. 그리고 굽은 등으로 앞장서 느릿느릿 천막 같은 집밖으로 나왔다.

할매는 영선이의 조그만 손을 붙잡고 공중전화박스 안으로 들어갔다. 아가, 집 번호 좀 불러 보거라. 응, 여보시오? 어서 와서 댁에 아가를 찾아가요. 응, 나와 같이 있소. 여기 영도다리 밑에 점집들 중에 맨 끝집이요.

낮빛이 하얘져 영도댁이 택시를 타고 한달음에 영도다리 밑에 닿았다. 그녀를 보자마자 호되게 얻어맞기라도 한 양 영선이가 큰 울음을 터뜨렸다. 그런 영선이 손을 붙잡고, 영도댁은 할매를 향해 큰절이라도 올릴 기세로 연신 허리를 굽혀 인사했다.

응, 이 아이 엄만가. 아주 영특한 아이니깐 잘 키워보시게나. 그리고 할매가 다시 느릿느릿 걸어 점집으로 들어가자, 영도댁은 잡고 있던 영선이 손을 놓고 등을 돌려 주저앉았다. 그리고 말했다. 퍼뜩 업혀라. 너 저녁도 안 먹고 이렇게 멀리까지 놀러오면 되겠나 안 되겠나?

여전히 훌쩍이는 영선이를 업고 일어선 영도댁은, 할매 같은 걸음걸이로 간신히 다리 위에 올라섰다.

거봐라, 오늘은 엄마가 진짜로 영선이를 영도다리 밑에서 주워간다 아이가!

먼 바다에 정박 중인 배마다 불빛이 반짝였다.

바다는 배를 업었고 엄마는 나를 업었네. 밤바다를 응시하며 등대보다 밝은 눈빛을 반짝이던 영선이는, 저를 그만 내려달라 졸랐다. 그러나 영도댁은 걸음을 멈추지 않고 다그쳤다.

영선이 너 또 이럴 거가? 참말로 또 그럴 건지 안 그럴 건지 말 안 하면, 집에 닿을 때까지 다 큰 아기를 이래 힘겹게 엄마가 업고 갈란다.

안 그럴게요, 다시는 안 그럴게 엄마. 영선이가 영도댁 등에 뺨을 부비며 거듭 다짐했다. 밤바람을 맞으며, 모녀는 손을 잡고 걷기 시작했다. 영도다리 끝에서 한길로 내려서며 영선이가 종알거렸다. 엄마, 저 할머니는 억수로 좋은 사람 같기는 한데…… 엉터리 점쟁이 같아.

왜?

반밖에 못 맞추더라고.

그래? 할매가 무슨 말씀을 했는데?

응, 그냥 또 이것저것…….

네 엄마가 물에서 주워온 아기는 여자아기가 아니라 사내아기다…… 네 아버지는 당장 눈앞에 없는 듯해도 영영 있는 것이 맞다…… 할매가 들려준 말씀을 영선이는 입 밖에 내지 않았다.

할매가 자기 집이라고 했던 저 봉래산꼭대기까지 올라도 보이지 않는 것에 대하여, 할매는 잘 알아맞힐 수가 없는가 보다. 어린 마음으로나마 영선이는 할매 말씀에 대하여 그리 이해하기로 했다.

<blockquote>

"

떠나는 자가 있되 반드시 기다리는 이가 있는 곳이다.
누가 떠나든 나도 항상 기다리고 있다. 그러니까……
이별해도 만남을 기약할 수 있는 데가 바로 이 영도다리다.

"

</blockquote>

흰여울길

니밖에 없다

"영주야, 네가 하고 싶어 하는 이야기를 다 듣고 나면, 저녁밥상에 선미도 부를까?"

고개 숙인 채 생각에 잠겨 걷던 영주가 그 말을 듣고 영도댁 쪽으로 얼굴을 돌린다. 그러나 뭐라 대답하진 않는다. 아마 선미 아버지가 또 뭐라 할지 걱정이 되는 거라고, 영도댁은 짐작한다.

영주하고 선미는 흰여울길의 소꿉친구다. 옆집에 사는 선미는 제 엄마 순천댁을 쏙 빼닮아 천성이 곰살맞고 야무지다. 순천댁은 영주만 보면 든든하다 했고, 영도댁은 선미만 한 영주 짝도 드물 거라 여겨왔다.

그런데 선미 아버지는 생각이 다르다. 애들 어릴 때부터 그랬던 건 아닌데, 어느 날부턴가 갑자기 영주더러 선미 가까이 얼씬거리지 마라 했다. 영주보다 영도댁이 더 섭섭해서 순천댁한테 가서 따져 물으니, 순천댁이 땅이 꺼져라 한숨을 쉬며 해명했다.

영도다리 밑에 빌어먹을 할배하고 우리 집 한심한 영감탱이를 어쩌면 좋나요……. 형님요, 이 인간들이 집안 문중에 딸들은 물론이고, 이제는 내 딸년 인생까지 다 망쳐놨네요. 내뱉듯이 하는 순천댁 소리에 울음이 섞였다.

아니, 그 똑소리 나는 선미 인생을 망치다니. 다리 밑에 할배는 누구고, 선미 아버지더러 왜 한심하다고 하노. 순천댁, 대관절 무슨 소리야? 영도댁이 놀라 물었다.

잔주름이 자글자글한 눈가에 흐르는 짠물을 손등으로 훔치며 순천댁이 대꾸했다. 형님요, 내가 남우사스러워 어디 딴 데는 말도 못하겠고…… 요새 우리 선미가 잘 안 보이지요……, 봉래산비탈에 흰 집으로 선미…… 학교도 때려치우고 치료받으러 댕겨요. 멀쩡한 내 딸년을 정신병원 환자로 만든 육실할 놈이 바로 그 다리 밑에 점쟁이 할배라요.

거기까지 말하고 순천댁은 한숨을 내쉬었다. 찬물을 벌컥벌컥 들이키고서야 자초지종을 더 늘어놓았다.

아, 글쎄. 우리 집안 여식들 중에 이번 항렬에서 왕비가 나올 거라는 흰소리를 할배가 늘어놓더래요. 선미 아버지가 그 점쟁이 말에 놀아나서, 온 집안에 여식들을 왕비 후보감으로 줄을 세웠다는 거 아닙니까.

딸년들도 지들끼리 욕심이 올랐는지 뜯어먹을 듯이 서로 경쟁하더니 하나둘, 정신을 챙기듯이 오히려 정신 줄을 놓고 있어요, 형님. 우리 선미 년까지 그만⋯⋯. 아이고, 아이고⋯⋯. 순천댁은 목이 메는지, 채 끝내지 못한 말끝에 통곡을 쏟았다.

그 기막힌 선미의 근황이 영도댁은 도저히 혼자 감당이 되지 않아, 영선이한테 전했다. 선미 일이라면 제 일처럼 여기는 영주에게로 알리면 너무 마음 아파할 것 같았다.

선미 사정을 듣고 나더니 영선이가 혀를 차며 대꾸했다. 뭐라구요⋯⋯, 할배 표현대로 왕비라면 요새 세상에 영부인이 아닌가요, 어머니⋯⋯. 장차 대통령이 되겠다고 나선대도 온 동네 사람들이 등 떠밀어 줄 선미 인물에, 머리에, 말재주까지, 누가 봐도 마냥 부러운 여자앤데⋯⋯, 점쟁이 말만 믿고 숙명인 양 왕비로 선미 발목을 잡는 거잖아요. 아니, 요새 같은 세상에 영부인이 뭐람?

영도댁이 듣고 보니 영선이 말이 맞는 듯 했다. 그래, 영부인이 뭐고? 서방 잘 만나야 해먹을 수 있는 게 영부인 아이가. 새파란 선미 인생을 갖고 점쟁이 할배가 장난질하는 거라면 참말로 못쓰겠다. 그런데 지금 선미 아버지 눈에 뵈는 사내란 대통령 싹수밖에 없나보더라. 그 사람이 얼른 정신을 차려야 선미가 다시 건강해질 건데⋯⋯ 내사 마 걱정이다.

다른 이들이 어찌 생각하고 뭐라 말하건, 정작 영주에게 선미는 지켜주고 싶은 친구이다. 그 뽀얗고 작은 얼굴로 배시시 웃으면서 옆집을 제 방인 양 드나들었던 계집아이다. 한 모퉁이가 떨어져나간 소반 앞에 나란히 앉아 수박 반통에 숟가락 두 개를 꽂아서 같이 퍼먹었고, 심심하면 또 나란히 드러누워 코딱지를 파다가 잠들기도 했다.

철부지 때 선미는 순천댁 취향대로 계절과 상관없이 늘 짧은 원피스차림이었다. 애처롭도록 가녀린 팔다리는 물론이고, 마당 같은 흰여울길을 내달릴 땐 물방울무늬 속옷까지 종종 드러났다. 가려주고 덮어주려 애쓰는 영주에게로, 너는 꼭 내 친오빠야 같다고 말하며 깔깔거리는 선미였다.

철이 들어도 선미가 영주에게 설렘으로 인식되기엔, 그 둘이 흰여울길에서 함께 자라며 엮어온 세월의 앨범이 너무 생생했다. 선미 아버지 눈에 영주가 사내로 보이기 시작한 것과 상관없이, 그의 눈에 선미는 여전히 함께하고 싶고 지켜주고 싶은 옆집 친구다. 게다가 사내로서 영주의 시선이 오래 머물러 온 쪽이란, 선미가 있는 방향이 아니다.

영도바다에 소형어선 '돌고래'호의 선주(船主)는 선미 아버지였다. 새로 배를 만들면 바다의 신한테 처녀를 제물로 바쳤다는 전설 따라, 선박 진수식 날에 선주의 무남독녀 선미는 바빴다. 그녀는 흰 원피스에 흰 구두 차림으로 뱃사람과 하객 사이를 한 마리 날렵한 갈매기처럼 날아다녔다.

아기가 태어날 때 엄마와 연결되어있는 탯줄을 자르듯이, 돌고래 호와 진수식장 사이에 연결된 줄을 손도끼로 자르는 순간, 선착장 분위기는 절정으로 치솟았다. 환호성과 함께 박수가 터졌고 첫 고통의 첫 울음인 양 뱃사람들은 부러 더 고래 소리를 내질렀다.

그들에게로 선미가 날개 접은 갈매기 같은 자태로 다가서서, 핏빛 포도주를 잔 가득 따라주었다. 선미 아버지는 기분이 최고였다. 멋들어진 배도 배지만은 고운 딸년 덕분에 앞으로 비행기 타고 댕기겠다는 치사(致詞)가 식장 여기저기서 터졌기 때문이다.

치사하는 사람들 중에는 영도다리 밑에서 평생을 사주쟁이로 살은 할배도 끼어있었다. 이 점쟁이 할배는 선주가 궁금해 하는 돌고래 호의 미래 따위는 안중에 없었고 −전혀 알 수 없었거나 아니면 미리 다 알았기 때문에 아무 말 안 했을 수 있다− 진수식이 끝나는 대로 선미 사주를 족집게처럼 봐주겠노라 큰소리쳤다.

식장 바깥에서도 바글거리는 구경꾼 속에서 영주가 손을 흔들었다. 그를 발견한 선미가 뱃사람과 하객을 헤치고 쪼르르 곁에 와 섰다.

이야아, 근사하다. 선미야!

누가? 돌고래가?

아니, 무슨 소리야. 네가 그렇다는 말이지!

피. 근사하기만 해? 예쁘지는 않고?

선미가 놀려먹듯 되받아치더니, 영주를 향해 혀를 쏙 내밀었다. 난감해 하는 그의 손을 붙잡고, 그녀는 쉬고 싶으니까 그만 흰여울길로 가자고 했다. 날개 없는 갈매기 차림새로 종일 제물 노릇을 톡톡히 했다고 툴툴거렸다.

살랑살랑 해풍을 맞으며 둘은 발걸음 가볍게 영도다리를 건넜다. 흰여울길에 닿자 선미가 기분 좋게 외쳤다.

"비린내 난다!"

"뭐?"

"자갈치에서보다 더 푸르고 싱싱한 비린내가 풍긴다고."

"흰여울길에서?"

"응, 내 옆에서……."

선미는 낯을 붉히고 얼버무리며 말꼬리를 흐렸다. 영주 네

게서 푸르고 싱싱한 비린내가 난다는 말을, 그녀는 속으로만 했다. 대신 영주 손을 잡고선 제 방으로 이끌었다. 쉬고 싶단 소린 언제 했냐는 듯 잊었다. 그녀는 밥을 볶고 과일을 깎고, 영주와 둘만의 시간을 어린 시절에 소꿉놀이하듯 누렸다.

너거 시방 문 꼭 닫고 뭣들 하는 짓이다냐?

선미 아버지가 집으로 들어서자마자 방문을 열고 고함쳤다. 그 역정에 영주가 놀라 벌떡 일어서는 바람에 접시가 깨지며 과일조각이 방바닥에 굴렀다.

아빠!

선미가 저지하듯 불렀지만 그는 딸 있는 쪽을 쳐다보지 않고 영주를 쏘아보며 더 말했다.

우리 선미, 귀하고 귀하신 몸이라 한다. 이놈아! 더 궁금하면 다리 밑에 점집으로 가서 네 놈이 직접 알아봐.

핏빛 와인 서너 병을 비우고 돌아온 선미 아버지 눈에 핏발이 서 있었다. 영문을 몰라 대꾸 없이 절만 꾸벅하고, 영주는 그만 선미 집을 나섰다. 뒤통수에 대고 선미 아버지가 한소리 덧붙였다.

후레자식 같으니라고! 선미 곁에 또 다시 얼씬거리기만 해 봐라.

그날 이후 영주와 선미 사이는 영 서먹해져버렸다.

두 해가 훌쩍 지나 고등학생이 될 때까지 둘은 옆집에 살아도 소 닭 보듯 지내야 했다. 그해에 영주는 집에서 가까운 해사(海師)고에 입학했고, 선미는 다리 건너 뭍에 새로 생겼다고 하는 외국어고등학교에 들어갔다.

뭣이 그리 바쁜지 서로 얼굴 보기도 힘들었다. 휴일에 영주는 자갈치 한울식당으로 영도댁 장사를 거들러 갔다가 공동어시장 관리인 김씨한테로 불려가 억지 낚시질을 배워야 했고, 선미는 제 아버지가 짜놓은 일과표에 맞춰서 아침 일찍부터 버스를 타고 영도다리 건너 뭍으로 사라졌다.

어둑살이 내릴 즈음에 두어 번 흰여울길에서 마주쳐 서로의 모습을 확인하긴 했다. 그러나 집 앞을 서성이며 선미를 마중 나와 서있는 그 아버지가 두려워, 영주는 모르는 사람처럼 선미를 스쳐 지났다.

그해가 저물어가던 초가을 어느 날에 오후부터 태풍이 온다는 예보가 있었다. 덕분에 일찍 학교를 파하고, 영주는 곧장 흰여울길로 들어섰다. 들어서자마자 낯선 제 또래 학생 여럿이 한 사람을 에워싸고 서있는 것을 보았다.

야! 너 영도에서 우리 학꼴 다녔구나. 참 애쓴다 애써. 그런데 섬순이 주제에 공주 노릇을 하려 들어?

영주는 제 눈을 의심했다. 또래들에게 둘러싸여 곤혹을 치르고 있는 이는 선미였다.

야! 선미 너거 아버지 국회의원이라며? 국회의원이 총 맞
았냐, 섬나라 봉래산 비탈 집에 살게. 허풍을 쳐도 작작 쳐
먹어라. 이 되먹지 못한 년아!

신발주머니를 휘두르는 녀석 옆에 서있던 여학생이 선미
머리채를 잡았다. 선미는 비명도 지르지 못하고 머리채가 낚
인 채 입술을 깨물었다. 선미 아버지는 영도의 국회의원이
되고 싶은 흰여울길의 통장(統長)이긴 했다.

너거들, 그 손 퍼뜩 안 놓을래?

그렇게 소리치고 그들에게로 다가선 영주는 클럽활동으로
나마 익힌 태권도 실력을 유감없이 발휘하고 싶었다. 그러나
그는 혼자였고 상대는 여학생 하나 빼곤 남학생 다수였다.

이 새끼는 뭐야? 선미가 흰여울길에 숨겨둔 서방님이라
도 되냐?

그 비아냥거리는 소리에 영주가 반사적으로 몸을 날렸지
만 입술에 피가 터지도록 맞았고, 때린 녀석 얼굴을 향해 주
먹 한방 날렸다가 제 앞니 하나가 흔들거리도록 또 더 맞았
다. 이대론 도저히 안 되겠다 싶어, 그는 흰여울길 어느 집
앞에 놓인 화분 하나를 차서 깼다. 그 깨진 조각을 양손에 하
나씩 잡아들었다.

어, 이 새끼가 미쳤나봐!

그들을 쏘아보며 영주가 입을 열었다. 학교 폭력으로 전부 경찰에 신고할 거다. 내가 피해자이자 증인이다. 또다시 이 애를 괴롭힐 거야?

그들이 머뭇대다 흩어졌고, 선미가 영주를 일으켰다. 영주는 선미 앞에서 가뿐히 일어서고 싶었지만, 그럴 기운이 없었다.

흰여울길에 큰대자로 뻗어있는 영주 곁에 선미가 쪼그리고 앉아 길게 흐느꼈다.

근근이 자리를 털고 일어서는 그를 향해 선미가 웅얼댔다. 영주야…… 나는 우리 아버지가 싫다. 나한테는 니밖에 없는 거 같다. 진짜로 나는 니뿐이다!

그러나 영주는 선미 말을 못 들은 사람처럼 흙 묻은 제 옷을 툭툭 털며 말했다.

선미 니 어데 다친 데는 없나? 와 있지도 않은 거짓말을 해 가지고, 사서 고생이고? 곧 태풍 온다 하더라. 어른들 걱정하신다. 빨리 니 집으로 드가라.

선미가 뭐라 우는 소릴 했지만 그만 등지고, 영주는 빈집에 들어오자마자 제 방에 들어박혔다. 가물가물 졸음이 밀려드는데 강한 바람소리에 세찬 빗소리까지 들리기 시작했다.

누나가 우산을 안 가지고 나갔을지도 모르는데…….

바닷물처럼 잠이 밀려왔다 쓸려갔다 했다. 사지가 욱신거리다가 나른해왔지만 기분 좋은 상태였다. 깨어있는 의식을 잠 속 깊숙이 가라앉히기가 몇 해 전까지만 해도 영주에겐 밤낮으로 버거운 일이었다.

얕은 잠결에 영주는 망망대해를 하릴없이 떠다니다 커다란 물고기와 맞닥뜨리기 일쑤였다. 그것은 너른 바다를 가르며 솟구쳐 올라 거대한 물보라를 일으키거나 거품파도를 타고 와서 영주를 덮쳤다. 그만 눈을 뜨려 해도 당최 떠지지가 않는 상태로 영주는 식은땀을 쏟고 팔다리를 허우적거리며 괴로워야 했다.

그는 아직 어렸지만 자갈치로 영도댁은 날마다 일을 가야했고 영선이마저 학교를 다니기 시작하자 낮 시간에도 영주는 무서웠다. 자장가 노랫말 속에 팔 베고 스르르 혼자 잠이 드는 섬 집 아기만도 못했다. 낮잠이라도 들면 서슬 시퍼런 바닷물과 커다란 물고기를 또 보게 될까 두려웠기 때문이었다.

영도댁이 엄마를 따라가서 자갈치에서 놀자고 말하면, 영주가 세차게 고개를 저었다. 몇 차례 따라가 보았지만 영주 눈에 그곳은 사람보다 고기가 많은 곳이었고 살아있는 고기가 사람의 흥정 앞에 죽어가는 곳이었다.

그래서 영주는 학교에 입학하기 전에 벌써 영선이 따라 학교엘 다녔다. 영선이가 교실에서 국어를 배우고 산수를 배우는 동안 운동장에서 혼자 놀았다. 못 견디게 심심해지면 고사리 손에 흙 한 줌 담아 쥐고 교실로 달려가서 국어와 산수를 가르치는 선생님한테로 냅다 던져 뿌렸다.

이놈! 너 대체 누구냐?

아! 선생님, 선생님. 제 동생이에요. 엄마 없는 빈집에 혼자 두고 오기 마음 아파, 학교엘 데리고 왔어요. 선생님 딱 한 번만 용서해주세요.

교실에 콩나물시루처럼 붙어 앉은 국민학생 속에서 유난히 눈망울이 크고 검은 계집아이가 벌떡 일어서더니 싹싹 빌었다.

그러나 두 번 세 번 영주는 자꾸 흙을 뿌리며 교실을 넘봤고, 마침내 선생님은 걸상을 하나 구해다가 영선이 옆에 놓고 영주를 데려다 앉혔다. 국어시간에도 산수시간에도 아무것도 알아듣질 못해, 영주는 몸이 배배 꼬였다. 공부에만 열중인 줄 알았던 영선이가 영주 귀에다 대고 솔깃한 소리를 떡밥처럼 던졌다.

영주야, 어른들은 물고기 잡는 법만 가르칠라 하재? 누나

94

가 물고기 놓는 법을 네게 가르쳐줄게.

영선이 속삭임에 영주는 배배 꼬이는 몸을 풀며 얌전히 제자리를 지켰다.

하굣길에 영주 손을 꼭 잡고 흰여울길을 걷는 영선이한테 물었다.

"누나야, 물고기 놓는 법 진짜 가르쳐주는 거가?"

"그럼!"

"언제?"

"때를 기다려야 해. 저 하늘에 보름달이 뜨고 바닷물이 호수처럼 잔잔한 날에. 그날까지 영주 너 누나 따라서 학교 얌전히 잘 다닐 수 있재?"

"응!"

"좋아. 물고기와 함께 네 무서운 꿈도 놓아버리고 오자."

"으응, 진짜로?"

대답 대신 잡은 손에 꾹 힘을 주고 흰여울길을 함께 걷고 있는 영선이가, 영주 눈에는 꿈속에서 보는 물고기보다 더 커다래보였었다.

잠결에 대문 여는 소리를 듣자마자 영주는 벌떡 일어나 후다닥 달려 나갔다. 영선이가 빗물에 쫄딱 젖은 모습으로 엉거주춤 서있었다. 젖은 머리카락 아래 젖은 원피스 속엔 맨

살이 훤히 비쳐보였다. 영주가 얼른 마른 수건을 찾아와서 그녀한테 건네며 짜증냈다.

누나, 아침에 내가 분명히 우산 가져가라고 했잖아!

그러나 영주를 쳐다보고 영선이가 오히려 외마디 비명을 질렀다. 영주야 너 얼굴이 그게 뭐고?

아, 이거…… 클럽에서 운동하다 좀 다친 거다. 괜찮다.

아이고……, 괜찮기는. 일단 나 좀 씻고 보자.

그는 물 냄새 비누향이 새어나오는 욕실 문틈에 코를 대고 서있었다. 안에서 마른 옷을 다 챙겨 입은 영선이가 물이 똑똑 떨어지는 머리카락을 수건으로 대충 감아올리고 나왔다. 영주는 싸움박질로 형편없이 망가진 제 몸을 그녀한테 맡겼다.

소독하면 아플 테다. 움직이지 말고 잘 참아야 한다. 그녀가 약솜을 손에 들고 당부했다.

쓰리고 아픈 건 상처보다 마음이었다. 세상에 니밖에 없다고 외치는 선미 목소리가 생생했다. 그러나 영선이 무릎을 베고 젖은 그녀의 살 냄새를 맡으며 누웠으니, 영주의 남근은 딴 생명인 양 제멋대로 부풀어 올랐다. 그것을 부질없이 원망하며, 그는 영선이를 향해 밀려드는 죄책감에 어쩔 줄 몰라 했다.

그런 줄 꿈에도 모르는 영선이가 진지한 목소리로 그를 불렀다.

영주야.

응.

너 미팅했다 하던데?

누가?

선미가.

그 가시나는 서로 얼굴도 못 보며 사는데, 내 근황을 어째 그리 잘 아는지 모르겠다.

영선이가 호호 웃으며 대꾸했다.

그래……, 미팅한 상대한테 애프터 신청은 했나.

안했다.

왜?

여자라면 자고로 손가락이 길어야지. 엄마도 길고 누나도 길잖아.

어머, 말도 안 돼. 그럼 손가락이 짧다고 차버린 거야?

응.

그러면 선미는? 선미는 엄마처럼 누나처럼 손가락이 기다랗잖아.

선미 얘기가 여기서 왜 나오노? 누나야, 나는 선미하고 친구 아이가.

건들바람 소리가 흔들바람 소리로 바뀌었다. 바다엔 허연 거품파도가 부글거릴 테다. 까까머리 영주 가슴에도 저녁 내내 흰 거품이 일었다.

때를 기다려야 해.

저 하늘에 보름달이 뜨고 바닷물이 호수처럼 잔잔한 날에.

그날까지 영주 너 누나 따라서 학교 얌전히 잘 다닐 수 있재?

흰여울길

한울식당 업둥이

흰여울길 옆집에 제가 부재중인 시간이 와도 선미가 건강하고 행복하게 잘 지내기를 영주는 바란다. 영도댁 말처럼 산을 업고 바다를 안은 흰여울길에서 둘은 함께 성장한 오랜 친구다.

꼭 그러겠다는 약속을 그녀로부터 받아야겠다는 생각을 하며, 영주가 영도댁 물음에 선뜻 답한다.

"저녁상엔 선미도 부르기로 하죠. 요샌 선미 병원 치료 안 다녀요. 어머니. 많이 좋아졌습니다."

"아니! 영주 너 선미 아픈 근황을 알고 있었던 게야?"

"그럼요. 우리는 둘도 없는 소꿉친구지간이 아닙니까. 선미가 동행을 요청해서 병원을 함께 다녀온 적도 있는걸요."

"그랬구나……. 잘했네, 참 잘했네, 우리 아들. 네가 진작 마음 쓰고 있는 줄을 이 어미는 전혀 몰랐다."

영주가 모습이야 이영도를 많이 닮아있긴 해도 인정 많고 속정 깊은 것은 제주댁을 쏙 빼닮았다. '제주댁이 살았으면 얼마나 이 아들을 귀해 했을까……. 이영도의 두 핏줄, 우리 영선이하고 영주를 끼고 제발 큰 탈 없이 잘 살아가려…… 나는 늘 모진 삶에 항복하는 쪽을 택해왔다…….'

영도댁은 새삼 제 삶이 눈물 치솟도록 한스럽다가, 뿌듯하다가 한다. 해서 얼른 바다 쪽으로 고개를 돌려버린다.

자갈치의 한울식당 새 주인이 되고서도, 식당 유리문을 밀고 들어설 때마다 주방 쪽에서 체구가 자그마한 제주댁이 얼굴을 내미는 것을 영도댁은 한동안 보며 살았다. 그녀는 한쪽 다리를 살짝살짝 절면서도 영도댁 곁에 잰걸음으로 다가서서, 고맙수다 고맙수다 주문처럼 되뇌었다.

살아있는 사람으로는 딱 두 차례밖에 대면한 적 없는 제주댁이 한울식당의 본래 주인이었다. 작지만 깔끔한 식당실내만큼이나 그녀의 첫인상도 깔끔했다. 한울식당과 제주댁을 금순이한테 소개한 이는 영도였다.

둘이 결혼을 약속했던 날에 영도는 해가 떨어질 무렵까지 그녀와 당최 떨어지려 들지 않았다. 그는 수줍어하는 키 큰 처녀의 손목을 단단히 잡아 쥐고 종일 쏘다니다, 저녁 먹을 무렵이 되자 자갈치 한울식당 문을 밀었다.

주방 쪽에서 체구가 자그마한 여자가 반가워하며 외쳤다. 아, 영도 오라방!

그래, 잘 있었는가? 영도가 인사하며 의자 하나에 앉자마자 그 여자가 앞에 와 섰다. 그러곤 그와 마주앉아있는 키 큰 처녀를 빤히 쳐다보며 그에게 물었다.

이 분은 누굽니까?

그 물음에 대답하기 전에 기분부터 좋아진 듯이 영도가 너털웃음을 터트렸다.

탁자에 물병과 잔을 놓으며 그 여자가 약간 떨리는 목소리로 조심스레 다시 말했다. 오늘 영도 오라방께서 유난히 신이 나신 듯 보입니다.

그 소리에 영도가 찬물을 한 잔 들이키고 큰 소리로 대꾸했다. 신나고말고. 이 사람아, 나 곧 장가 갈 거라네. 하하하.

마주앉은 금순이 얼굴이 홍당무가 되거나 말거나, 그는 연신 큰 소리로 웃고 떠들었다.

옆 테이블에 앉았던 낯모르는 노인들까지 기분이 좋아졌든지, 아따 그 총각 장가들기도 전에 입 다 찢어지겠네? 자, 축하하네 말하며 영도에게로 술잔을 건넸다.

생선구이 정식 둘을 주문받은 그 여자가 돌아섰고, 살짝살짝 다리를 절며 주방 쪽으로 걸음을 옮겼다.

키 큰 처녀 금순이가 조그만 목소리로 그에게 물었다. 영도 씨가 잘 아는 사람이에요?

응, 아니……. 여긴 내 단골식당이야. 저 고운 여자가 고향 제주도에서 결혼하자마자 젊은 서방을 물에 잃어버렸고, 그때 보상금을 탄 돈으로 부산의 자갈치로 혼자 와서 한울식당을 연거래. 자세히 보면 한쪽 다리를 살짝 절름거리지? 어렸을 적에 소아마비 주사를 못 맞아서 저래 되었다 하네……. 얼굴이 너무 고와 그런지 팔자가 좀 사나워도, 음식솜씨는 물론이고 심성까지 고운 덕분에 자갈치서도 돈 많이 벌었다. 한번 다녀간 사람들은 나처럼 손님을 앞다퉈 데려온다네. 하하하.

영도는 막걸리 잔을 거푸 비우더니 술이 얼근히 오르자 탁자를 젓가락으로 두드리며 노래를 부르기 시작했다.

초승달 외로이 떠있는 영도다리 난간 잡고 울적에
술 취한 마도로스 담뱃불연기가 내 가슴에 날린다

그에게로 제목을 물으니 〈고향의 그림자〉라 하는데, 금순이는 그 노래가 당최 마음에 들지 않았다.

아, 서방님 한 곡 하시는데 우리 금순 씨는 어째서 그런 표정이래?

영도가 알아채고 그녀에게 물었다.

그 노랜……, 가사가 너무 애달프네요 영도 씨.

들고 있던 젓가락을 내려놓으며 영도가 금순이의 가느다란 팔목을 잡아당겼다. 그리고 그녀 손을 마이크 삼아 노래 부르듯 소리쳤다. 굳세어라 금순아!

아니 영도 씨, 영도 씨! 지금 이름 갖고 저를 놀리시는 겁니까?

여러분! 이 처녀 이름이 금순이랍니다. 곧 영도댁이 될 사람입니다.

옆 테이블 노인들이 또 참견하며 와그르 웃었다. 암 암, 굳세어야지 금순 씨! 그래야 영도댁으로 백년해로 할 수 있대이!

그날 저녁은 영도의 주정 같은 소리에다가 손님들의 추임새까지 보태져, 한울식당 실내가 온통 소란스러워도 제주댁이라 하는 그 주인여자는 아무 참견하지 않았다.

가끔 주방으로부터 곱디고운 얼굴을 내밀고, 술과 흥에 취해 떠들썩한 영도의 모습을 말끄러미 바라보고 섰는 표정이 퍽 애잔했다.

신혼 때 바다에 잃어버리고 말았다는 제 서방님 생각이 나나 보다……. 금순이는 그리 생각하며 처음 보는 제주댁이지만 마냥 측은해했다.

그리고 제주댁이 영도와 금순이 하나 되는 결혼식장엘 다녀갔다는데, 신부 노릇 하느라 하루 종일 정신이 없었던 금순이는 그날 그녀를 본 기억이 없었다. 장부에 넉넉한 축의금 액수와 함께 한울식당이라는 간판이름이 적힌 걸 보고서야 제주댁이 다녀갔나 보다 했다.

그녀가 제주댁을 두 번째 만난 것은 영도로부터 소식이 끊어진 지 일 년이 다 되어가던 무렵이었고 영선이가 세 살 되던 해였다.

여보세요. 저기……, 여기 한울식당인데요……. 금순 씨……, 영도 오라방으로부턴 아직까지 아무런 연락이 없수까…….

수화기 속에서 중얼대는 제주댁 말소리는 사그라지다 꺼져가는 불씨마냥 가늘고 띄엄띄엄 했다. 저기 금순 씨……, 딸아기가 많이 컸을 것 같은데……, 아무 때건 자갈치 한울식당에 꼭 한번 들러주면 좋겠수다…….

그녀의 얼굴이 곱디고왔던 것 말곤 가물가물했지만, 영도댁은 소식 끊어진 영도 기별을 물어주는 게 반가웠다. 동시에 첫딸 영선이 존재를 제주댁이 어찌 아는지 궁금했다.

만약 영도에게 영선이 존재를 들은 것이라면, 소식이 끊어지기 직전까지 서로 연락을 나누어왔던 게 틀림없다. 영도댁은 조바심 같은 것을 느끼며 안부도 나눌 겸, 내일 당장 갈게요 하고 답했다. 수화기를 내려놓기 직전에 어린아이 울음 같은 소리를 영도댁은 희미하게나마 들었다.

다음날 오전에 영선이를 포대기에 꽁꽁 업고, 흰여울길 끝에서 영도댁은 버스를 탔다. 다리를 건너 자갈치 맞은편 정거장에 내려서, 한울식당까지 부지런히 걸었다. 생선구이 파는 식당을 하나, 둘, 셋, 지나치다 보니 허기져왔다.

장사도 팔아줄 겸 한울식당에서 제주댁하고 점심을 같이 먹어야지 했다. 그런데 닿고 보니 점심때가 다 되어 가는데도 다른 식당과는 달리 한울식당에선 비린내도 기름내도 풍기지 않았다.

오늘 장사를 안 하는 날인가……. 영도댁은 중얼거리며 유리문을 조심스레 밀었다.

문은 열렸다. 계세요?

대답 대신 주방 쪽에서 어린아이 울음소리가 들렸다. 소리를 따라 주방 안쪽으로 들어서니 쪽방인 듯 작은 미닫이

문이 보였다.

제주댁 여기 계신가요? 영도댁이 다시 그녀를 불렀다.

그러자 미닫이문이 열렸고, 희고 작은 얼굴이 내다보며 인사했다.

어서옵세. 금순 씨 들어와요.

한 평 반쯤 되어 보이는 쪽방에 발을 들여놓자마자, 영도댁은 놀랐다. 태어난 지 서너 달밖엔 되지 않아 보이는 사내아기가 쪼그만 고추를 내놓고 두 다리를 높이 들어 올린 모습으로 누워있었다.

아, 금방 쉬해서 기저귀를 갈던 중이에요. 제주댁이 낯을 붉히며 얼른 손을 닦았다.

영도댁은 갸웃했다. 제주댁을 혼자 사는 여자라 알고 있었고, 쪽방 어디에도 사내의 흔적이란 없어보였다.

아랫도리가 시원하니 기분이 좋은지 자꾸 벙실거리며 누워있는 아기 얼굴은 보름달마냥 훤했다. 그에 비하면 산후조리를 잘못했는지 제주댁 얼굴이 너무 형편없다고 생각하면서, 영도댁은 조용히 포대기를 풀었다.

제주댁이 미소 지으며 영선이를 받아 안았다.

영도 오라방의 첫 딸아기가 바로 이 아이군요…….

낯가림을 하지 않는 영선이가 제주댁 얼굴을 만지며 안녕이라 말하고 방긋 웃어보였다.

어쩜, 벌써 말도 이리 잘하고……. 크고 똘망한 눈망울이야 영락없이 영도 오라방이네……. 한울식당 쪽방에 누워있는 사내아기 눈망울도 크고 똘망했다.

그런데 제주댁……, 안색이 너무 나빠요. 그동안 잘 지냈냐고 감히 물어보지도 못할 만치요. 영도댁이 걱정스레 말했다.

아이들끼리는 서로 잘 알아본다 하더니, 한창 말을 배워가는 중인 영선이가 이야아, 아기다 아기 하며 손뼉을 치니까 누워있는 사내아기가 까르륵 웃었다.

그래, 너무 작은 아기니까 만지지는 말고 눈으로만 예뻐하자, 영선아. 알았지?

응응, 아기는 이름이 뭐야? 영선이가 고개를 끄덕이며 물었다.

음, 아기는 아직 이름이 없단다. 네가 부르고 싶은 대로 불러주렴. 그렇게 대꾸하는 제주댁 말소리에 웬일인지 울음이 섞여있었다.

태권브이! 영선이가 손가락으로 승리표시를 만들어 보이며 단번에 외쳤다.

아이고, 영선아! 그건 만화영화 속의 로봇 이름이잖아.

영도댁이 손을 내저으며 그건 아니라 했다. 그러자 영선이가 벌떡 일어서더니 분명치 못한 발음으로 노래를 불렀다.

용감하고 씩씩한 우리의 친구!

그래그래, 용감하고 씩씩하게 자랄 게야. 고맙구나.

제주댁이 영선이 머리를 쓰다듬으며 그렇게 중얼거리다가 덧붙였다. 노래하기 좋아하는 것도 너는 아빠를 쏙 빼닮았나 보다. 영선아……. 아참, 점심때가 다 되었수다. 이웃 식당에 전화만 한 통 넣으면 생선구이 정식 배달해주니까, 같이 먹고 천천히 놀다가요, 금순 씨.

안색 나쁜 사람을 성가시게 하거나 더 피곤하게 할 것만 같아 영도댁은 그만 되었다 했으나, 제주댁은 내가 배가 고파 그런다며 기어이 밥을 주문했다. 그녀는 영도댁한테 꼭 해야만 하는 말도 있다고 덧붙였다.

밥이 배달오자 제주댁은 쪽방 문을 열고 휘청거리며 식당 홀로 나섰다. 그녀가 살짝살짝 다리를 절었던 것을 영도댁은 그때서야 기억해냈고, 저 몸으로 아기를 열 달 품었다가 홀로 무사히 해산했구나 싶어 마음 짠했다.

영도가 생선회보다 좋아하는 구이정식이 탁자에 차려졌다.

난 말이야, 싱싱한 것만 값나가고 대접받는 이 자갈치에, 떡하니 자리 잡고 있는 이 생선구이집들이 참 대단하다 생각한다. 죽어버린 요 녀석들, 부잣집 상 위의 횟감이 못됐어도 하나 한스러울 것 없다. 우리처럼 가난한 사람들 막걸리 한 병에 최고의 친구니까!

그러면서 이영도는 막걸리를 한 사발 들이켰고, 기름 밴 생선 꼬리를 손에 들고 살점을 맛나게도 발라먹곤 했다. 그 모습이 사정없이 물결처럼 밀려들어, 영도댁의 수저질은 더뎠다. 그러다 기어이 눈물을 쏟고 말았다.

울지 마요, 울지 마요 금순 씨……. 영도 오라방 무사히 돌아올 겁니다. 제주댁이 그리 말하고 화장지를 쓱쓱 뽑아 건네며 위로하다가, 저도 함께 눈물을 쏟았다. 그리고 서럽게 부르짖었다.

미안해요, 미안해요, 금순 씨…….

뭘요. 제주댁이 내게 대체 뭐가 미안한데요……, 이처럼 같이 걱정해주고 위로해주니 고맙기만 한데……. 영도댁이 세차게 고개를 저으며 대꾸했다.

아니요……, 내가 큰 죄를 지어 벌을 받았수다. 나는 앞으로 서너 달밖에 세상을 못삽니다. 죄는 내가 다 갖고 갈 테니, 금순 씨가 큰마음으로 우리 아기 좀 거두어주시이소.

턱, 숨 막히는 소리였다. 영도댁은 그만 숟가락을 놓고 물을 들이켰다. 죄는 뭐고 벌은 뭐란 말인가, 제주댁이 아기를 두고 곧 죽는다니 대관절 이게 무슨 소린가…….

금순 씨, 내가 이 판국에 뭘 숨기고 또 가릴까. 내 전부 다 말할게요. 제주댁이 눈물을 훔치더니 어린 태권브이를 품에 안고 재울 요량 젖을 물렸다. 영선이는 식당 홀이 제집인 양 아장아장 걸어 다니며 이것도 만지고 저것도 만지며 혼자서도 잘 놀았다.

띄엄띄엄 두 해 전의 어느 하룻밤 이야기를 제주댁이 늘어놓기 시작했다. 그러니까 영도가 결혼하고 다시 외항선원으로서 원양어선을 타고 나갔다가 여덟 달 만에 돌아왔던 시기였고, 영도댁이 영선이를 출산하고 삼칠일을 지키며 산후 조리하던 무렵이었다.

돌아오자마자 첫딸을 안고서 영도는 너무 좋아 어쩔 줄 몰라 했다.

하하하. 여덟 달 배에서 가축같이 지내면서 했던 고생을 내사 마 싹 다 잊었다! 우리 귀한 금순이가 이 못난 서방 물 위를 떠다니는 동안에 혼자 진짜로 애썼소. 내가 앞으로 더 잘하리다.

아내 속살이 얼마만큼이나 그리웠을 텐데, 영도는 영도댁 몸에 손을 대긴커녕, 신줏단지 모시듯이 했다. 곧 다시 바다로 나가야 하지만 금순이 밑이 다 아물 때까지 내가 잘 보살피겠소.

아니, 내가 애를 낳았지, 당신이 낳았나요. 잘 먹고 자는 영선이 얼굴만 그래 들여다보고 있지 말고, 자갈치로 가서 친구들도 좀 보고 술도 한잔 하고 그리 해요.

보다 못해 영도댁이 그를 밖으로 쫓아내듯 내보냈다. 며칠 있으면 다시 물 위를 떠다니며 노동해야 하는 서방인데, 더운 방에 갇혀 처자(妻子)만 보고 있는 게 딱했다.

영도는 마지못해 집을 나서며 말했다. 그럼 나 자갈치로 후딱 다녀오리다. 막걸리 한잔 하고 도다리 잡아와서 미역국 끓여 바치리다.

그리 말하는 영도를 보고 행복한 영도댁이 웃으며 손 흔들었다.

이 사람들아, 나 이영도가 돌아왔소. 돈 많이 벌어왔소! 게다가 나는 이제 아기아빠가 되었소! 우리 첫딸이 얼마나 예쁜지 삼칠일 전이라 못 보여주는 게 속 터지오!

영도는 가는 데마다 너털웃음을 터뜨리며 그렇게 자랑했다. 대낮에 자갈치 여기저기서 축하 술잔을 건네는 대로 다 받아 마시고 얼근해진 영도가 어시장에서 도다리를 실한 놈으로 두 마리 고르고 섰는데, 건너편에서 누가 큰 소리로 불렀다.

영도 오라방!

제주댁이었다. 오! 영도가 돌아보고 반가워하자, 살짝살짝 다리를 절며 그녀가 다가섰다. 그리고 원망스런 목소리로 푸념했다.

오래간만에 자갈치 오셔서 한울식당을 그냥 지나치려 했수까. 섭섭하네요, 정말.

미안, 미안. 축하주에 내가 좀 취해 그렇지, 제주댁 생선구이 정식 맛을 내가 잊어버렸을까봐?

그럼 오라방, 들어가서 저녁 드시고 가요.

안 된다, 나 그만 가서 우리 영선이 엄마 미역국 끓여 먹일 거야.

어찌 끓이는지는 아시고요?

모르면 물어가면서 하면 되지, 하하. 영도가 머리를 긁적였다.

그러지 마시고 들어와요. 오라방 막걸리 곁들여 식사하시는 동안에 내가 푹 끓여내서 담아드릴 테니까 조심히 집까지 잘 들고만 가요.

그것도 참 좋은 생각이었다. 제주댁 음식 솜씨야 자갈치에 정평이 나있으니까.

그러자.

영도가 식당 안으로 들어서자마자 제주댁은 오늘 저녁장사는 그만 접었다.

실한 도다리를 손질하고 미역을 야들야들해지도록 씻어서 참기름에 볶았다. 그 모습을 흐뭇한 미소를 띠고 지켜보면서, 영도는 정말 오래간만에 고향집 밥맛 같은 한울식당의 구운 갈치랑 조기살점을 발라먹었다.

남태평양 비린 바람 속을 억척스레 헤맬 때도 요 맛을 자주 떠올렸었다. 좀체 잊어지지 않더라고. 영도는 웅얼대며 막걸리도 두 병째 비우고 있었다.

주방 쪽에서 간간이 제주댁이 영도를 내다보며 환한 미소를 지었다. 울 오라방 오시니까 홀에 불 안 켜도 훤하네요. 그녀는 바글바글 끓고 있는 미역국에 불 세기를 아주 약하게 줄였다. 고소한 냄새가 진동했다. 소머리 고으듯이 요대로 조금만 더 끓였다가 담아내드릴게요, 오라방! 영도 오라방?

지지고 볶다가 제주댁이 홀을 내다보니 영도는 탁자 앞에 고개를 떨구고 앉아 졸고 있었다. 에구 어째. 제주댁이 다가서도 그는 깰 줄 몰랐다.

그녀가 젖은 손을 닦고 앞치마를 풀었다. 의자 하나를 그의 옆에 바짝 붙여 앉았다.

사무치게 보고 싶어해왔다. 이영도가 한울식당서 요기하

고 갈 때마다 다음 방문을 벌써 기다렸고, 먼 바다로 나갈 때마다 안녕을 기도해왔다. 어느 날 늘씬한 처녀를 데려와 장가간대서 제주댁은 심정 무너졌었다. 또 어느새 돈도 많이 벌고 이제는 아기아빠가 되었다 하니 기쁘고 대견했다.

제주댁은 영도댁이 하릴없이 부러웠다. 이영도가 마시던 막걸리잔 가득 술을 부어, 제주댁은 단숨에 들이켰다.

영도 씨…….

오라방이 아니라 영도 씨라고, 그렇게 얼마나 불러보고 싶었던가.

영도 씨……. 그러나 영도는 깜박 눈을 뜨는가 싶더니, 손사래를 치며 탁자위에 엎드려버렸다.

제주댁은 일어나 미역국에 불을 완전히 내렸다. 그리고 식당 문을 굳게 잠갔다.

그녀는 주방 곁의 쪽방 문을 열고 이부자리를 펼쳤다. 살짝살짝 다리를 절어온 불구의 몸이라고 믿을 수 없을 만큼, 그날 밤 제주댁은 민첩하게 움직였다. 영도의 한쪽 팔을 제 목에 두르고 조심조심 쪽방까지 걷는 동안에 그녀의 뒤틀려있던 한쪽 다리뼈와 근육은 전부 제자리를 찾아가는 것만 같았다.

영도가 누우며 잠시 눈을 뜨고선 영선 엄마…… 하고 중얼거렸지만 쪽방에 편안히 눕히자마자 코를 골기 시작했다.

제주댁은 영도의 셔츠 앞단추를 하나씩 조심스레 열었다. 허리끈과 바지단추도 풀었다. 그리고 제 옷을 남김없이 벗고 영도 곁에 누웠다. 죄책감 같은 것에 대하여, 제주댁은 생각하지 않았다. 그녀 생에 다시없을 기회라는 생각만 하기로 했다.

자정 넘어 영도가 잠결에 뒤척일 때, 제주댁은 그의 남근을 입속에 담고 혀로 감았다. 그것이 터질 듯 부풀어 오르자 몸을 돌려 그의 배를 타고 올랐다. 진작 젖어있던 제주댁 여근 속으로 영도 것은 커다란 물고기가 헤엄치듯 빨려들었다.

노 젓듯 제주댁이 몸짓을 시작하자 영도가 으음 하고 신음했다. 정신이 제법 맑아진 듯했으나, 그는 제주댁 몸을 밀어내진 않았다. 오히려 둔부로 바닥을 치며 그녀의 노질을 거들었다. 비릿한 냄새 나는 물이 그들의 하나 된 사타구니에 튀고 흘렀다.

그녀가 영도 몸 위로 그만 나동그라지자 이번엔 그가 키를 잡았다. 제주댁의 배를 타고 영도는 격랑이었다. 먼 바다에서부터 참아왔던 사내의 욕정에 그를 사모해온 여인의 욕망이 불붙었다. 한 번 사정하고 꺼진 자리를 그만 빼고 거둘 수 없게끔 제주댁이 꽉 물고 놓질 않으니, 영도 것은 더 크고 뜨

겁게 다시 타올랐다.

두 번 사정하고 나서 영도가 옷을 입는 동안, 제주댁은 미지근하게 식은 미역국을 통에 담아 보따리로 쌌다.

고맙네, 고맙다.

그렇게 두 차례 같은 인사말을 하고, 영도는 손 흔들며 한울식당 문밖으로 사라졌다.

제주댁은 다시 드러누웠다. 끝없이 늘어지고 풀리는 아랫도리에 힘을 주고 밑을 오므려, 영도가 흘리고 간 물을 모조리 제 몸속에 담아두려 애썼다. 다음날 해가 중천에 뜨도록 그녀는 몸뚱이를 씻지 않은 채 쪽방에 작은 호수처럼 스스로 갇혀있었다.

그날 새벽에야 흰여울길로 귀가해서 도다리미역국으로 밥상을 차리던 영도의 모습이 금순이한테도 또렷했다. 자갈치로 후딱 다녀온다더니 왜 이리 늦었냐고 영도댁은 그를 나무라지 않았었다. 너무 이른 아침밥이지만 다시 먼 바다로 나갈 그와 함께 먹고 있는 것만으로, 영도댁은 충분히 행복했었다.

그런데, 그렇다면…… 제주댁 가슴에 묻고 갈 일이지……, 내게 그런 얘길 제주댁이 지금에사 털어놓는 까닭이…… 대관절 뭐요?

영도댁은 억장이 무너져 내리는 가운데서도 더듬더듬 따지고 들었다. 분하고 기막혀 눈물도 나오지 않았다. 설마⋯⋯, 설마⋯⋯, 저 사내아기가?

그래요, 금순 씨. 이 아이는 영도 씨 아들입니다.

젖꼭지를 빨다 잠들어버린 아기를 내려다보며 제주댁은 또박또박 말을 이었다. 이 아이는 영도 씨 아들이 맞아요. 그러나 돌아오지 않고 있는 영도 오라방은 내가 임신한 사실도 이 아이의 존재도 알지 못합니다.

그리 말하고 고개 들어 영도댁을 바라보는 제주댁 눈에 짠물이 고여있었다. 금순 씨가 믿거나 말거나 나는⋯⋯ 오라방이 귀향해도 이 사실을 밝히지 않을 작정이었어요. 그 사람이 금순 씨와 결혼하기 훨씬 오래 전부터 나는 영도 오라방을 원해왔지만, 과부라 염치없어 나는 단 한 번도 마음을 고백하지 못했죠.

딱 하룻밤이 내게 선물한 이 아이를 영도 씨라 여기면서, 우리 둘이 씩씩하게 세상을 살아갈 생각이었네요. 아이한테야 한없이 미안하지만⋯⋯, 나는 그럴 자신이 있었답니다.

그러나 금순 씨⋯⋯ 하늘이 허락하지 않는 듯합니다. 나는 사형선고 같은 사망선고를 받고 말았어요. 이 아이에게 지금 빈 젖을 빨리는 것 외에⋯⋯ 어미로서 내가 해줄 수 있는 것이 앞으로 더 없다는 생각에 가슴이 무너져요.

있을 수 없는, 아니 있어서는 안 되는 일이라는 생각이 들었다. 이 일이 남의 것이 아니라 제 일이란 것을 영도댁은 아직 실감하지 못하는 사람 같았다. 그녀는 눈앞의 모자(母子)를 바라보며 그저 멍하니 앉아있었다.

영선이가 영문을 몰라 엄마, 엄마 하고 부르면서 그녀의 무릎을 잡고 흔들었다. 그러나 돌아오기만 해봐라……. 영도댁은 영선이 고사리 손을 밀어내며 중얼거렸다. 이영도 돌아오기만 해봐라…….

그 소릴 듣고서도 제주댁은 계속 말을 이어갔다. 염치없지만 내가 가진 모든 것…… 모든 것이라 해봤자 이 한울식당과 영도 씨 아들을…… 금순 씨가 맡아주길 바래요. 이 아이 출생을 용납할 수 없다면…… 금순 씨, 저 영도다리 밑에서 주워온 셈 쳐줘요. 제발……. 이것이 내가 오늘 금순 씨를 만나서 하고 싶었던 이야기 전부예요.

아니요! 그가 모르듯 나도 모르는 겁니다. 영도댁이 제주댁을 향해 야멸차게 쏘아붙이고 일어섰다. 그리고 못 박듯 덧붙였다. 다시는 날 아는 척하지 말아요!

제주댁이 뭐라 더 말하려 했지만 영도댁은 쪽방에 풀어둔 포대기도 잊은 채 영선이를 들어 올려 업자마자 사납게 식당 문을 열고 나갔다.

그렇게 제주댁을 본 것이 마지막이었다. 그녀의 유언대로 상인조합에서 조촐하게나마 장례를 다 치렀다 했고, 배를 타고 영도바다로 나간 제주댁 뼛가루는 해풍에 남태평양 쪽으로 훌훌 날아갔다.

그리고 그날 오후에 영도댁에게로 변호사가 찾아와 유언장을 내밀었다. 제주댁의 한울식당과 아직 이름도 없는 아기가, 별 수 없어 영도댁이 도장을 찍는 대로 다리 건너 흰여울길로 넘어오고 말았다.

어쩔 줄 몰라 하는 영도댁과는 달리, 아기보다 두 살 많은 영선이가 몹시 반겼다. 제 짧은 팔다리로 아기를 보듬고 놀아주며 한순간도 떨어지려 들지 않았다. 만화영화 주인공 태권브이보다 자갈치 한울식당 업둥이를 더 좋아라 하는 영선이 모습을 며칠간 지켜보다, 영도댁은 한숨지으며 말했다.

영선아……, 그 아기 이름 영주라 하자. 인자는 네 동생이다. 알아들은 듯, 형제 없이 홀로 자란 영선이가 손뼉을 치며 폴짝폴짝 방안을 뛰어다녔다.

흰
여
울
길

축제를 짓는 사람

이십 년 전이나 지금이나 크고 작은 배가 조그만 섬처럼 흩어져있는 영도바다에, 시간이란 할 일 없어 보인다. 집집마다 시계가 귀했던 시절에 영도다리는 하루에 두 번 배꼽시계보다 더 정확하게 올라가며 삶에 바닷길을 열어주었다.

사람의 욕심이 넘쳐 전쟁이 터졌거나 공장의 기계가 사람보다 더 바삐 돌아가게 되자, 이 땅에 형제자매와 친지는 쫓기듯 팔도강산으로 뿔뿔이 흩어져 왔다. 죽기 전에 한 번쯤 가봐야 할 곳처럼 영도다리는 명물이었고, 그 밑에서 만나자는 것이 그들의 유일한 기약이었다.

늙고 병들은 영도다리가 두 번 다시 몸 일으켜 세울 수 없다면, 먼 훗날에 누가 나를 이곳에서 만났다 할까…….

다시 하루에 딱 한 번 영도다리가 올라가게 된 시각이 이 바다에 퍽 중요하다는 생각을 영도댁은 하며 걷는다. 다리의 도개기능을 알리는 열네 시는 영도바다가 시간을 인식하는 순간이다. 영도다리 일부가 하늘로 치솟고 바닷길이 열리는 십여 분 동안에, 잊혀가는 시간 따라 잃어버릴 수 있는 이야기들이 새파랗게 밀려들며 파도처럼 일어서는 것이다.

영선이가 중학교 다닐 적에 이 다리 아래서 '부산 청소년 백일장'이 열렸던 적이 있다. 기특하게도 장원 상을 받았던 영선이의 시 작품의 표현처럼 영도바다는 '물빛 품은 바람으로 갈매기가 종일 시를 쓰는 바다'이다.

가시나…… 소싯적의 내를 꼭 닮아 가지고설랑……. 그런 생각이 들 때마다 흐뭇하고 부끄러워 영도댁은 소리 죽여 큭 큭 혼자 웃곤 한다.

금순이로 살았을 적에 영도댁은 문학소녀라는 별명이 붙을 만치 시를 읽고 외우고 쓰는 데 바지런했다. 공부할 여건이 못 되었어도 그 덕분에 검정고시에 덜컥 붙었고, 대학생도 꿈꾸었다.

영선이가 부산시청에서 상장을 받아들은 날에, 영도댁은 백설기를 다섯 되나 해서 일일이 접시에 담아 영선이를 앞장세웠다. 흰여울길 집집마다 흰 떡을 돌렸다.

아이고, 우리 꼬맹이 작가님 덕분에 동네가 떡 잔치를 하네.

영도댁은 요런 딸이 있어, 또 얼마나 좋아요!

마지막 집에까지 떡 접시를 다 돌린 후 개선장군처럼 흰여울길을 걷고 있는 영도댁과 달리 영선이는 못마땅한 표정으로 종알댔다.

그런데 엄마, 나는 글을 짓는 사람이 되고 싶진 않아요. 그보다 엄마, 나는 축제를 짓는 사람이 되고 싶어요.

축제를 짓는 사람이라는 게 뭔지는 잘 몰라도, 잔치보다는 축제가 더 그럴듯하게 들렸다. 그래 영도댁은 웃으며 대꾸했다.

그러려면 영선이 너, 글쓰기도 잘하는 게 맞겠다.

왜요?

엄마가 잘은 모르지만…… 글에는 사람의 마음이 담겨 있는 법이잖아. 이 사람 저 사람의 마음까지 한데 모여야 축제라 하는 것이 정녕 즐겁지 아니하겠냐?

영도댁 얘기에 가만히 귀 기울이더니 새까만 눈동자를 빛내며 영선이가 응응 주억댔다. 흰여울길의 부모들이 이른 아침부터 바다로 시장으로 일가고 나면, 해 저무는 시각까지 집집마다 아이들만 남아 뒹굴었다. 몇몇이 잘 어울려 노는가 싶다가도 툭하면 누군가 울음이 터지거나 치고받으며 싸우기 일쑤였다. 서로 성별이 다르고 나이도 달라, 딱지치기를 해도 고무줄뛰기를 해도 술래잡기를 해도 다 함께 어우러지기가 퍽 힘들기 때문이었다.

영선이는 학교를 파하고 돌아오는 대로 기다란 마당 같은 흰여울길에 서서, 제 또래는 물론 저보다 나이가 많건 적건 가리지 않고 다 불러 모았다. 아이들 전부를 역할극 놀이의 세계로 이끌었다. 아이들은 제게 걸맞은 역할을 제가 원하는 대로 신나게 맡아갔다.

파이프 대신 연필을 입에 물고 먼 바다까지 고기잡이 떠나는 마도로스가 되거나, 머리에 수건을 둘러매고 고무다라 대신 플라스틱 바가지를 이고 다니는 자갈치 아지매가 되었다. 어떤 아이는 제 과자나 빵을 작은 조각으로 나누고 또 나눠서 엄마답게 밥을 짓고 반찬을 만들었고, 더 어린 아이는 자식이 되어 그것을 받아먹으며 얌전히 그림을 그리거나 책을 읽었다.

영선이는 주로 흰여울길의 선생님 역할을 맡았는데, 역할극 중에 심통을 부리거나 배고프다고 징징대는 어린 아이를 쥐어박으려 하는 큰 아이를 나무랄 수 있어 좋았다.

이 아이 역할이 어린아이니까 그럴 수 있잖아? 너는 지금 어른의 역할을 맡아있으니까 이해할 줄 알아야 해. 모두 흰여울길의 가족이고 이웃이야. 무엇보다 우리는 지금 즐거운 놀이 중이다.

영선이가 어려서부터 다른 아이들과 다르다는 것을 알아왔지만 영도댁한텐 지금 더 그녀가 자랑스럽다. 제 딸이라 그런 것이 아니라, 죽었다가 기적처럼 시퍼렇게 되살아나는 십 분을 영선이는 놓치지 않는다. 하루도 빠짐없이 그 순간을 축제를 짓는 사람이 되어 꾸려가고 있다는 사실이 영도댁 눈에는 예사롭지 않아 보이는 것이다.

자식자랑 한다고 동네방네 칠푼이라 놀림받아도 좋다. 영도댁한텐 자식이라는 존재가 신(神)과 같아 왔다. 흰여울길 지척에 교회도 있고 봉래산 비탈에 절도 많지만 영도댁은 지천명이 다 되도록 교회에 안 갔고 절에도 안 다녔다.

사람이 아비와 어미 양 부모로부터 세상에 태어났으니, 누구라도 신을 아버지다 어머니다 어느 하나라 우길 수 없다고 생각했기 때문이기도 했다. 그래도 사람 너머 신령스러운 존재를 영도댁도 믿기는 믿었다.

비린 날을 비린내 풍기며 살아내다 어디 마음 기댈 구석이 필요하다 싶으면, 영도댁이 찾는 곳이 딱 한 군데 있다. 흰여울길 입구에서 버스를 타고 대법사 아래 정류장에 내려서 그녀는 가파른 오르막길을 힘든 줄 모르고 올랐다. 봉래산 비탈에 호국관음사를 지나고 그 위에 극락전도 지나서, 아씨당에 계신 할매를 뵈러 가는 높고 가파른 길이었다.

처음엔 기도하러 찾았던 게 아니라 사람을 찾아갔었다. 영선이가 아홉 살 때 아기를 버린 여자를 찾아서 영도다리 밑으로 가출했던 그날 저녁, 영선이는 물론이고 영도댁도 봉래산 할매를 만났었다.

다리 밑에 줄줄이 늘어서있는 점집들 중에 맨 끝집의 봉래산 할매 덕분에 무사히 제 딸내미를 찾은 것이 하 고마워, 영도댁은 바로 그 다음날 점심때 조기며 민어 같은 흰 살 생선을 한 접시 구워서 영도다리 밑 점집으로 할매를 찾아갔다.

그런데 영도댁은 황망했다. 다리 밑에 줄지어 차려져있는 천막 같은 점집을, 첫집부터 끝집까지 몇 번이나 들여다봐도 할매가 앉아있는 집은 없었다. 생선구이 냄새를 맡은 할배들이 점집 바깥으로 여럿 내다보며 물었다.

누굴 찾노?

아니, 여기……. 점집들 맨 끝집에 봉래산 할매라고 계실 텐데요…….

그러자 한 할배가 불쑥 나서며 말했다. 영도다리 끝집 주인은 나요. 내가 끝집 할배요.

아니, 그럴 리가요…….

할배가 껄껄 웃으며 말했다. 봉래산 할매가 또 내 집을 빌미로 사기를 쳤네. 그 할매 집은 다리 밑이 아니라 봉래산 꼭대기요. 산비탈에 있는 아씨당에서 기도하면 할매 있는 꼭대기까지 닿을 테니 그리로 가보시게나.

참말로 모를 말씀이었다. 어쨌거나 그날 영도댁이 정성스레 장만해 간 생선구이는 전부 끝집 할배와 다른 집 할배들 몫이 되었다.

다음날에 그녀는 속는 셈 치고, 다시 생선을 정성스레 구웠다. 그리고 물어물어 봉래산 비탈에 아씨당을 찾아갔다.

저기요, 봉래산 할매가 어디 계신지요?

봉래산 정상에 계시지요.

영도댁은 다시 황망했다. 아니, 그 산꼭대기에 진짜로 사람이 삽니까?

할매는 사람이 아니라 신이요. 그런 것도 모르는 걸 보니 영도 사람이 아닌가 보네. 끌끌. 혀를 차며 영도댁을 지나치려는 보살을 그녀가 붙잡고 늘어졌다. 아니 저, 영도사람 맞구요. 제가 할매를 꼭 만나야 합니다. 그분이 제 어린 딸을 찾아주셨거든요.

아, 이 사람아……. 신을 보았네. 보았으니 그분께 기도해야지. 저기 아니 계시는가.

보살의 손가락이 가리키는 것은 탱화였다. 탱화를 들여다보며 영도댁은 그만 악 하고 소리를 내지를 뻔했다. 그 속에 흰 저고리를 입고 쪽진 머리 모습으로 책을 펼친 채 앉아있는 할매는, 분명히 그날 밤에 모녀가 영도다리 아래서 만났던 봉래산 할매가 맞았다.

할매는 표정이 있는 듯 없는 듯한 얼굴로 앉아있다가, 영도댁을 알아보고 엷게 웃어보였다. 멍하게 탱화를 바라보고 서있는 그녀에게로 보살이 호통쳤다.

이 사람아, 삼신 할매다. 어린아이들 지키신다고 바지런히 영도다리 밑까지 댕기시는 모양이네…….

보살하는 소리를 듣고 영도댁은 탱화 앞에 털썩 무릎을 꿇었다. 아아, 할매요 할매요 하고 부르며 머리를 조아리고 보니 괜히 목이 메고 울음이 절로 났다. 그날 밤엔 참말로 고마웠습니다, 할매요.

그녀는 싸갖고 온 조기며 민어 같은 흰 살 생선구이를 탱화 앞에 차렸다. 둘러보니 할매 앞엔 아이들이나 좋아할 법한 사탕이나 딸기우유, 초콜릿 따위가 즐비했다.

하하. 젊은 아지매가 저것들과 영 어울리지 않는 생선을 들고 왔네. 그래도 구이라 고소할 테니, 할매가 맛나게 드시지 않겠소. 보살이 그리 참견하며 손으로 입을 가리고 웃었다.

영도댁은 안도의 한숨을 쉬었고, 두 팔을 높이 들었다가 모으며 절을 하기 시작했다.

'이 아이 엄만가, 아주 영특한 아이니 잘 키워보시게나.'

영도다리 아래서 그리 말씀했던 할매 목소리가 다시 들리며, 그날 밤이 생생했다.

그날 이후 그녀는 짬만 나면 아씨당으로 가는 봉래산 비탈길을 오르내렸다.

영도댁, 오늘도 봉래산 할매한테 잘 다녀가시는가. 극락전의 담쟁이 무성한 담장 너머로 키 큰 관세음보살이 내다보고 그녀를 향해 빙그레 웃었다. 미래에 오실 부처를 모신다는 그 아름다운 관세음보살상을 향해 영도댁은 속으로 대답했다.

예, 간절히 기다리는 사람들 쪽으로 누구든 기어이 오실 겁니다. 교회도 안 나가고 절에도 안 다니지만 저도 믿습니다요. 그러한 영도댁의 믿음이야 저절로 두 손을 가슴팍에 모으고 그녀로 하여금 늘 기도하며 살게 했다.

흰
여
울
길

첫 번째 편지

영도댁 오른팔을 끼고 다리 위를 걷던 영선이가 해밝은 표정으로 말문을 연다.

"나 오늘 도개식 때 재미난 사람을 만났다!"

"재미난 사람? 누군데, 누나?"

흥미로운 듯 영주가 재빨리 묻는다.

"으응, 남태평양에 있는 사모아 섬에서 왔다는 덩치가 큰 남자야! 하하."

구김살 없이 순진하게 웃던 석의 얼굴을 떠올리며 영선이 말끝에 웃음도 저절로 달렸다.

"사모아인? 그럼 남태평양 섬의 원주민이야?"

"음…… 어쩌면 그 사람 어머니가 그럴지 모르겠다. 그 사람의 돌아가신 아버지는 한국인이래. 우리 아버지처럼 뱃사람이었대."

"아, 옛날에 남태평양으로 고기잡이 갔던 우리나라 선원들 중에는 사모아 섬에 홀딱 반해서 거기 눌러앉은 사람도 제법 있었다던데……, 그 사람 아버지도 아마 그랬던가봐, 누나."

영주가 아는 체하며 대꾸한다.

"흠…… 그랬을까……."

"그런데 영선아, 그 남자가 영도다리에 왜 온 게냐. 여행 왔다고 하더냐?"

이번엔 영도댁이 묻는다.

"으응, 그 사람 말론 뭐…… 형제를 찾아 여기에 왔댔어요."

"그 사람 형제가 여기 있다는 거야? 영도에?"

"더 자세한 건 물어보지 못했어요, 어머니. 재미나는 건 내일 영도다리 도개식 때 그 사람이 소원하는 대로 노래를 부르게 할 건데요, 신기하게도 영도다리에 대한 노래라 해요. 어머니하고 영주도 시간을 낼 수 있음 같이 들었으면 좋겠는데……."

"난 때맞춰 한번 가볼까, 누나? 행사 마치고 나면 정리도 거들고."

"영주 네가 온다면야 나는 무조건 좋지!"

"나는 못 간다. 그 남자 노래하는 거 보겠다고 한울식당 문 닫고 가겠냐?"

"예, 어머니. 딴은……."

말꼬리를 흐렸지만 영선이는 하고 싶은 뒷말을 속으로 한다.

'어쩌면 그 남자의 뱃사람이었던 아버지가 남태평양 사모아에서 우리 아버지를 만난 적이 있을지도 모르잖아요, 어머니.'

마도로스라는 단어가 그 남자, 아이가 석의 입에서 튀어나오며 영선이 가슴을 온통 물결치게 했던 오늘 그 순간이 영선이에게 푸르게 되살아난다.

석의 꿈이라 하는 사모아 섬의 툴라팔레에 대해 영주에게 말해주고 싶은데, 그들 셋은 어느새 영도다리를 다 건넜고, 섬의 우체국 앞에 서있다.

흰여울길 방면 버스가 닿자 영도댁 뒤로 영선이와 영주가 줄줄이 차에 오른다. 빈자리를 찾아 영도댁을 앉히고 영선이와 영주가 나란히 그 앞에 선다. 퇴근시간대 전이라 버스는 해안도로를 나는 듯이 달린다.

한달음에 섬의 중리에 들어서, 버스는 흰여울길 입구에다가 그들 셋을 떨구고 사라진다.

"형님!"

영도댁을 부르는 목소리의 주인공은 순천댁이다.

"아니, 왜 길가에 나와 서 있노?"

"선미 기다립니다."

"어데 갔는데?"

"서점에 잠시 다녀와야겠다고 남포동엘 나갔어요."

"딸년 인물이 지나치게 반반해도 어미가 한시도 마음 편할 새가 없재?"

순천댁의 걱정스런 마음을 짐작하면서도 영도댁은 아무 사정도 모르는 척 너스레를 떤다.

순천댁이 미소 지으며 답한다.

"형님도 참! 우리 영선이 인물은 어디 빠지는 데가 있어서 그리 말씀합니까."

"우리 영선이야 맨날 다리 밑으로 출근해서 밥 짓듯 축제를 지으며 사니까, 내사 마 걱정 없다 아이가. 호호. 선미 오면 우리 집으로 보내, 순천댁. 저녁 같이 먹고 너무 늦지 않게 들여보낼게. 괜찮재?"

"아이고, 우리 선미 좋겠네. 내가 저를 하릴없이 기다린다고 하면 짜증 낼까봐 전화도 못 하고 있었는데, 형님 말씀을 지금 당장 전화 넣어서 전할게요."

"그래. 금세 온다고 하면 순천댁 이래 길에 나와 섰지 말고 집에 들어가서 딸내미 기다리라고!"

136

"예, 형님."

순천댁이 벙실거리는 것을 확인하며 마음이 놓이는 영도댁은, 영선이 영주를 끼고 흰여울길로 접어든다. 하늘에 포물선을 그리며 놀던 갈매기 떼가 그녀를 발견한 듯 담장 우로 하나둘 내려앉는다. 햇살은 한풀 꺾였고, 선들바람이 담장 너머 바다 쪽으로 치닫는 중이다.

"크크, 어머니 때문에 흰여울길 갈매기는 저래 집 강아지가 다 되었습니다."

영주가 농지거리처럼 웃음 섞어 그리 말한다.

"그래, 괭이갈매기가 기다리기라도 했단 듯이 매번 알아보고 반갑게 달려들재. 인자는 갈매기 때문에라도 이사 못 떠나겠다."

"우리 집 이사 못 가는 이유 하나 더 늘었네요. 언제라도 돌아오실 우리 아버지, 당신 눈에 안 보이는 데로 떠날까봐 밤낮으로 지켜보고 계신 봉래산 할매. 에, 또 거기다가 날마다 우리 어머니를 기다리는 흰여울길의 하얀 갈매기."

영선이가 손가락을 하나씩 접으며 그리 읊는다.

"어째 누나가 하는 소리는 다 시(詩)같다!"

"그런가? 오호호. 어? 아니 저 사람이!"

영주 추임새에 기분이 좋아져 큰 소리 내서 웃다가, 영선

흰여울길 137

이가 고개를 갸우뚱 한다.

해 저물기 시작하면서부터는 인적이 드문 흰여울길을 누군가 서성이고 있다. 그것도 노란 수건이 내걸려있는 영도댁 집 앞이다.

"우리 집 앞에…… 저 사람 누구지?"

영주도 보고 중얼거린다.

"그래 말이야, 저 사람이 왜 이 길을 서성이는지 모르겠네."

"영선이 네가 아는 사람이가?"

"어…… 아까 잠시 말씀드렸던 그 사모아에서 온 사람이요, 확실히 그 사람 같은데……."

"아, 그러면 형제 찾아서 이 길까지나 왔나 보다, 쯧쯔."

셋이 두런거리며 마침내 대문 앞에 닿자, 사람이 반가운 듯 그가 다가선다. 영선이와 마찬가지로 그녀 얼굴을 확인하곤 깜짝 놀란 표정이다.

"석, 흰여울길에 웬일이에요?"

영선이가 미소 띤 표정으로 그에게로 먼저 묻는다.

"아아, 영선 씨가 맞네요. 내일도 되기 전에 우리 다시 만났어요."

다리 밑에서처럼 석은 서툰 발음으로나마 한국말로 열심

히 대꾸한다.

그리고 종이 한 장을 내밀며, 이 주소대로 제가 잘 찾아온 게 맞는지 좀 봐달라고 한다.

종이를 들여다보다가 영선이가 중얼거린다.

"이거 우리 집 주소인데요, 석……."

"진짜?"

석이 외마디 비명처럼 그리 외치더니 이럴 수가, 이럴 수가 하고 중얼거리며 섰다.

"대관절 누구를 찾아온 거에요, 석?"

"우리 아버지를 형님이라고 불렀던 삼촌이요. 나는 어렸을 때 만났던 그분 얼굴도 이름도 기억해요. 멋진 마도로스였거든요."

석이 하는 소릴 듣고 섰다가, 영주가 끼어든다.

"당신이 그 마도로스 분의 이름을 정확히 알고 있어요?"

"물론입니다. 삼촌 이름은 이영도예요. 고향집에 아내와 갓 태어난 딸아기를 두고 왔다고 말했어요. 언젠가 가족과 만나게 되면 그 딸을 내 동생 삼아도 좋다고, 이영도 삼촌이 분명히 말했어요."

"이럴 수가……, 이럴 수가……."

이번엔 영선이가 석처럼 중얼거리며 굳은 듯 서있다.

영도댁은 아직 영문을 몰라 어리둥절한 중이다. 그러나 침착하게 셋을 향해 말한다.

"어쨌든 이 외국청년이 먼 데서 우리 집을 찾아온 손님은 맞는 게지? 자, 그럼 다들 안으로 들어가자꾸나. 앉아서 자초지종을 들어보자."

영도댁이 문을 따자 영주가 뒤따라 들어가고, 머뭇대며 서 있는 덩치 큰 석을 영선이가 문 안으로 밀어 넣는다. 남태평양 파도가 일어서 영도바다까지 밀려온 날이다. 흰여울길에 이영도라는 문패가 걸려있는 집으로 오래간만에 먼 데서 손님이 든 날 저녁이다.

봉래산 비탈에서 바다 쪽으로 부는 바람이 숨을 죽인다. 빨랫줄에 널려 먼 바다로 까치발을 하고 섰던 노란 수건도 그대로 멈춰 집 안 소리에 귀 기울인다.

자리에 앉는 대로 영선이가 석에게로 어머니와 동생이라고 식구를 소개한다. 영도댁이 물부터 한 잔 달라 한다. 영주가 얼른 주방으로 가서 물주전자와 컵을 쟁반에 받쳐 내온다. 넘치도록 부어 단숨에 들이켠 영도댁이 석에게 인사한다.

"반갑소⋯⋯. 내가 이영도 씨 안사람이오."

"예, 어머니⋯⋯. 삼촌이 자랑했던 대로 미인이에요."

"자네 말대로라면……, 오래전부터 우리 그이와 만나온 것 같은데……. 그이는 어찌 되었소, 지금 어디에 계신가."

영도댁 질문에 아이가 석이 당황한 듯 어깨를 으쓱해 보이더니 다급히 대꾸한다.

"이영도 삼촌 소식을 흰여울길 집 주소로 이미 두 번이나 드렸는데……, 아무도 받지 못한 겁니까?"

덩달아 당황하며 영선이가 반문한다.

"석, 누가 우리 아버지 소식을 우리에게로 주었단 말에요? 그것도 두 번씩이나?"

"음……, 처음엔 우리 아버지가 드렸습니다. 정확히 말하면 한국말 잘 모르는 어머니가 썼고 아버지가 내용을 불렀습니다. 아버지가 젊었을 때 사고로 오른팔을 잃어서……, 불러주는 대로 어머니가 받아썼습니다. 그때 저는 어렸기 때문에 한국어 잘 쓸 줄 몰랐습니다. 이영도 삼촌의 주소를 알아내서 분명히 여기로 편지 띄웠다고 압니다. 정말 아무도 못 받은 겁니까?"

"아아……."

영도댁이 탄식하듯 한숨을 내쉬며 고개를 꺾는다. 오래전 흰여울길에 이영도라는 문패가 붙은 이 집으로 발신인이 꼬부랑글씨로 적혀있는 편지 한 통이 닿은 적이 있었다. 그러니까 그때가……, 영선이 세 살 되던 해 어느 날이었고 제주댁의 전화 초대를 받고서 영도댁이 한울식당을 다녀왔던 날이었다.

제주댁이 불구의 몸으로 힘겹게 품었다 낳은 아기가 이영도의 아들이라는 사실을 듣고, 영도댁이 반쯤 정신이 나갔던 바로 그날이었다. 한울식당 쪽방에 포대기도 풀어둔 채 영선이를 들쳐 업고 휘적휘적 다리를 건너 흰여울길 제 집을 찾아들었을 때, 대문 틈에 갈매기 날개 같이 새하얀 봉투 하나가 끼어있는 것을 보았다.

영도댁이 문을 따고 열자, 봉투는 바닥으로 힘없이 툭 떨어졌다. 잠들어버려 축 늘어진 영선이부터 조심조심 방에 눕혔다. 떨어져있는 봉투를 주워들고 살펴보니 수신인 란에 삐뚤빼뚤 '이영도 씨 부인 귀하'라 적혀있으니 그녀 앞으로 온 것이 맞았다.

꼬부랑글씨의 발신인을 정확히 확인할 생각도 못한 채 영도댁은 황급히 봉투를 뜯었다. 어린아이 글씨만도 못한 필체지만 편지글 속에 이영도라는 이름 석 자가 그녀의 눈에 선명히 들어와 박혔다.

…… 짠물 속에서 겨우 건져 올렸습니다. 그 시신을 고이 거두어 우리 부부가 모시고 있사오니, 가족께서 속히 사모아로 오십시오. 유품과 함께 고인을 확인해야 합니다. 그리고 이영도 씨가 가족과 함께 무사히 고향으로 돌아갈 수 있으면 좋겠습니다……

뭐라……. 거기까지 읽다 영도댁은 종이를 구기며 중얼거렸다. 뭐라카노 말이다…….

죽은 듯 누워 자던 영선이가 꿈이라도 꾼 건지, 허공에 두 손을 휘저으며 큰 소리로 울기 시작했다. 어린 딸을 한 번 돌아보고 영도댁은 손에 들고 있는 종이를 갈기갈기 찢어버렸다. 사람 목숨 갖고서 누가 이래 몹쓸 장난질이고. 마누라하고 어린 딸내미하고는 일각을 여삼추로 기다리는데, 이런 글장난질로 누구를 시방 단번에 앗아가 버릴라고?

완전히 잠깬 영선이가 엄마를 연신 부르다 곁에 와 앉았다. 눈물방울 달린 작은 얼굴을 팔에 부비며 영도댁을 향해 맘마 달라 보챘다. 그러지 않았다면 알 수 없는 꼬부랑글씨의 발신인을 향해 욕설을 퍼부었을지 모른다.

더 놀라거나 분해할 겨를 없이 그녀는 화다닥 쌀을 씻어 불렸다.

누가 뭐라 해도, 무슨 일이 일어나도, 그녀는 지금 영선이 엄마였다. 밥이 끓는 동안 영도댁은 찬물에 낯을 씻고 영선이를 안고 앉아서, 편지글 내용보다 제주댁 얘기를 되새김질했다.

돌아오기만 해봐라…… 이영도 당신……, 딱 흰여울길로 돌아오기만 해보라고!

영도댁은 그리 씨근덕거리다 영선이 예쁜 짓 하는 데 정신 팔고, 생선을 구워 살을 바르고, 더운 밥숟갈을 후후 불어 식히고, 영선이 입속에 밀어 넣으면서 반쯤 나가있던 정신을 부지런히 챙겼다.

다음날 영도댁은 영선이를 들쳐 업고 국제시장까지 외출했다. 큰 길 건너 자갈치 쪽으론 눈길도 한번 주지 않았다. 기특하게도 간간이 엄마 등에서 내려 아장아장 걸으려는 영선이 하는 짓이 다 키운 아이 같아 기특했지만, 영도댁은 질긴 것으로 포대기를 하나 새로 장만했다.

그녀는 새 포대기로 영선이를 꽁꽁 싸서 지고, 수건 파는 집에 들러 샛노란 색깔로 서른 장을 샀다. 한 장은 덤으로 얻었다. 장사치기가 행사에 기념 수건으로 쓸 거냐고 영도댁한테 물었지만, 그녀는 아무 대꾸하지 않았다.

양손에 노란 수건을 나눠 들고 등에 업혀있는 영선이를 추스르며, 그녀는 이를 악물고 걸었다. 자갈치 앞에서 버스를 타면 흰여울길까지 편히 갈 것을, 영도댁은 자갈치 쪽을 여전히 외면한 채 악착같이 걸어가다. 길바닥에 수건봉지를 내려놓고 흘러내린 포대기를 고쳐 맸다.

횡단보도를 건너 눈앞에 영도다리가 보이자, 영도댁 눈에서 짠물이 줄줄 쏟아졌다. 하지만 닦을 손이 없었다.

나한테 일력(日曆)이란 것이 무슨 소용 있을까. 영도 씨, 내 하루에 한 장씩 노란 수건을 우리 집 문 앞에다가 매일 널어 둘게요.

외항선이 영도바다로 접어들면 전설 속의 사내처럼 노란 수건이 매달린 것을 보게 된다면 당신도 더 반갑고 벅찰 거라 했잖아요.

기억하면 사라지지 않는 옛날이야기처럼 우리의 이야기도 잘 기억하고 나는 기다릴게요.

그날부터 영도바다에 해가 떠오르는 이른 아침이면, 흰여울길 어느 집 문이 제일 먼저 열렸다. 하루도 빠짐없이 샛노란 수건을 손에 든 영도댁이 기다란 마당 같은 흰여울길로 내려섰다.

새벽바다를 사냥하다 지친 괭이갈매기가 그녀 곁 담장 위에 내려앉아 날개를 접었다. 빨랫줄로 서로 손 붙잡고 서서 밤새 심심해하던 장대가 수건을 보고 반가워했다.

영도댁 손을 떠나 빨랫줄에 널리는 대로, 장대가 해풍을 꼬드겨 수건을 못살게 굴었다. 집 안에서 내다보면 새파란 바다를 요 이불로 깔고, 앉았다 일어섰다 구르기도 하며 노란 수건은 바람과 놀이 중인 듯 했다. 짭조름한 그 바람이 봉래산 비탈을 다녀오는 시간에나 노란 수건은 깜박 달게 낮잠을 잘 수 있었다.

> 한울식당 쪽방에 포대기도 풀어둔 채 영선이를 들쳐 업고
> 휘적휘적 다리를 건너 흰여울길 제 집을 찾아들었을 때,
> 대문 틈에 갈매기 날개 같이 새하얀 봉투 하나가 끼어있는 것을 보았다.

흰
여
울
길

마도로스파이프와
롤렉스시계

"그런 것을 내가 받긴 했소만 보는 즉시 찢어버렸던 거요……, 글씨도 맞춤법도 엉망인 그 편지글이 전하는 내용을 나는 믿을 수가 없었소."

영도댁의 담담한 실토에 영선이가 충격을 받은 듯 평소의 그녀답지 않게 부르짖는다.

"어떻게 그런……. 아아, 말도 안 돼요, 어머니!"

"어쩌면 나는 어느 몹쓸 사람의 장난질이길 간절히 바랐던 건지 모른다. 남태평양에서 온 저 사람 말이 사실이래도 영선아, 이 어미는 후회하지 않는다. 그때 내가 영주 존재를 알고 온정신이 아니었던 건 사실이다마는, 편지가 닿았던 날 네 아버지가 죽은 사람이 되어버렸다면 아비 없는 자식 둘을 모진 세월동안 내가 어찌 다 키워냈겠노. 아무가 이해하지 못한대도 나한테는 오직 니들 아버지 살아 돌아올 거라는 기다림이 모진 세월을 버티는 힘이었다!"

영도댁과 영선이를 바라보고 있던 석이 입을 연다.

"남태평양의 사모아 섬이 영도에선 너무 멀고 낯설어서 우리 가족의 존재를 믿을 수가 없는 것입니까. 우리 아버지도 영도 삼촌처럼 마도로스였는데, 젊었을 때 한국 배가 아니라 일본 배를 탔었다 했습니다. 일본인들과 말이 안 통하니 일만 힘들었던 게 아니라 날마다 얻어맞으며 살았다 했습니다. 아버지의 한쪽 팔도 그때 잃었습니다.

사모아에 그 일본 배가 정박했을 때 아버지는 사모아 섬에서 나고 자란 우리 어머니를 꿈결처럼 만났고, 마침내 그 배로부터 도망치다시피 섬에 정착했습니다. 그러나 우리 아버지는 살아계실 때 고향바다를 많이 그리워했습니다. 아버지 고향 영도와 이름이 똑같은 영도 삼촌이 탄 배가 일 년에 딱 이틀 사모아 섬에 머물다 갔습니다. 아버지는 항구에 나가 그 배만 기다렸습니다.

영도 삼촌이 해변에서 달을 보며 영도다리를 노래하면, 우리 아버지는 인생의 기념품 같은 마도로스파이프를 빨다가 따라 불렀습니다. 띄엄띄엄 따라 부르며 아버지는 자꾸 울었습니다. 왜 우냐고 내가 물으면, 잊고 싶지 않은 것들이 잊혀져서 슬퍼 운다고 했습니다.

아버지 잊혀지는 게 왜 슬퍼요?

잊혀지면 잃어버리게 되기 때문에 슬픈 거란다.

우리 아버지가 그렇게 대답하고 구슬피 흐느끼자, 영도 삼촌이 힘찬 목소리로 제안했습니다. 형님, 나하고 고향바다 한번 다녀옵시다. 지금은 바닷길이 별 소용없어졌어요. 해서 영도다리가 옛날처럼 올라갔다 내려오진 않지만, 고향 갈매기 인정과 갯냄새는 그대롭니다.

영도 삼촌은 그렇게 형제처럼 우리 아버지를 위로하고 용기 주었습니다."

거기까지 말하다가 깜박 잊고 있었다는 듯, 석은 울러 메고 다니던 낡은 배낭을 황급히 연다. 그 속에서 조심조심 작은 나무상자를 꺼내더니 석은 영도댁 앞에 그것을 내려놓고 말한다.

"이영도 삼촌 것입니다. 뚜껑을 열어보십시오."

영도댁이 떨리는 손으로 상자를 들어 올려 뚜껑을 연다. 속에 든 것을 보더니 한 손으로 입을 틀어막으며, 아아…… 아아……, 하고 비명 같은 외마디만 내지른다.

영도댁이라 불리며 살기 전에, 키 큰 처녀 금순이가 이영도를 처음 만난 데는 '황금다방'이었다. 고전음악이 커피향

기처럼 솔솔 흘러나오는 거기서, 둘이 만나기로 약속했던 인연은 아니었다. 어떤 날 어느 시각에 금순이가 황금다방 문을 열고 들어섰던 건 정기월례모임에 참석하기 위해서였다.

검정고시로나마 출신성분이 같다고, 한 달에 한 번 같은 날짜 같은 시각에 거기서 뭉치는 이들과의 자리였다. 둘러앉아 커피도 마시고 귀한 책을 돌려보고 각자의 처지도 하소연하는 정겨운 모임이었다.

그날은 마침 금순이보다 네댓 살 많은 검정고시 출신 하나가 좋은 취직자리를 소개시켜주겠다 한 날이라, 한 달이 후딱 지나가기만 손꼽아 기다렸다 나가는 자리였다.

취직을 하게 되어 돈을 벌면, 늦깎이라도 좋으니 대학생이 되는 게 금순이 소원이었고 문학을 공부하는 게 그녀의 꿈이었다. 그렇게 된다면 구닥다리 황금다방이 아니라 인근의 레스토랑 '별들의 고향'에 가서 밤늦은 시각까지 생맥주잔을 기울이고 싶기도 했다.

언젠가 한번 검정고시 출신들과 거길 조심스레 기웃거린 적은 있었다.

그녀가 본 별들의 고향은 반전과 평화를 노래하는 비틀스와 조앤 바에즈의 음악이 어두운 조명 속에서 은하수처럼 흐르는 곳이었다.

I want to Hold your hand……,

쌍쌍의 남녀가 대학교 강의실 책걸상 같은 데 붙어 앉아 서로 머리를 기댔거나 손을 붙인 채 술잔을 기울이는 걸 보고 돌아 나왔다.

금순이 생각에 아무래도 거기는 지갑에 학생증을 꽂고 남자친구와 함께 입장해야 스스럼없이 어울릴 수 있는 공간 같기 때문이었다.

황금다방에서 월례모임 있는 그날에, 금순이는 면접시험이라도 보러 가는 사람처럼 제 모습을 더 빛나게끔 치장하느라 이른 아침부터 공을 들였다. 평소 질끈 묶고 다니던 기다란 머리카락을 풀고 보니 치렁치렁 허리까지 닿았다. 아무래도 남의 눈에 너저분해 보일 듯했다.

새벽에 목욕탕을 다녀오자마자 그녀는 고데기를 들고 머리칼을 나누어 잡고 끝에 풍성한 웨이브를 넣었다.

자신감을 돋우려고 속옷 브래지어 속으로 도톰한 스펀지뽕도 양쪽에 하나씩 집어넣었다. 옷장 문을 열고 금순이가 고른 그날의 의상은 미리 사다둔 노란 블라우스에 데님나팔바지였다.

허리에 굵은 공갈 밴드까지 하나 차고 거울을 보니, 스스로 썩 만족스러웠다. 집 나서기 직전에 하얀색 힐을 갖춰 신으니, 바깥세상은 온통 키 큰 처녀 금순이 눈 아래에 만만하게 펼쳐지는 듯했다.

그녀가 광복동 시계방 골목의 어느 건물 이층에 올라서 황금다방 유리문을 밀고 들어섰을 때, 홀은 휑했다.

이 구석 저 구석까지 지인을 찾다, 먼저 와 혼자 앉아있던 남자손님과 그녀는 눈이 마주쳤다. 그러나 낯선 사람이었다. 금순이는 아무래도 제가 좀 빨리 왔나 보다 싶었다.

테이블 하나를 차지하고 앉자마자 그녀는 가방 속에서 조심스레 종이뭉치를 꺼냈다. 지난 달 모임자리에서 필사해갔던 백석의 시편들이었다.

시가 다 좋은데 어째서 시집으로 묶이지 못하고 편편이 이다지도 구하기가 힘들답니까? 누군가 분위기 잡고 낭송하다, 볼멘소리를 뱉었다. 금순이도 속으로 박수를 쳤다.

백석이 월북한 시인이라 그래요.

필사하다 말고 금순이가 고개를 들고 대꾸했다.

그의 고향이 평안도 정주 땅이니 굳이 월북이라 할 것이 뭐 있겠어요. 작품을 보면 고향 서정이 각별한 시인 같으니, 귀향이라 보는 것이 맞지 않겠어요?

나는 북관에 혼자 앓어 누어서

어늬 아츰 의원을 뵈이었다 (……)

문득 물어 고향이 어데냐 한다

평안도 정주라는 곳이라 한즉

그러면 아무개씨 고향이란다 (……)

손길은 따스하고 부드러워

고향도 아버지도 친구도 다 있었다

결국 북쪽으로 귀향해버린 시인의 첫사랑은 남쪽바다에 통영여자 란이었다.

저문 유월의 바닷가에선 조개도 울을 저녁

소라방등이 붉으레한 마당에 김냄새 나는 비가 내렸다

시인이 란이를 만나려 멀리 통영까지 갔다, 만나지 못해 낮술을 마시고 쓴 시가 제일 마음에 들어왔다.

옛장수 모신 낡은 사당의 돌층계에 주저앉어서

나는 이 저녁 울 듯 울 듯 한산도 바다에 뱃사공이 되어가며

지붕 낮은 집 담 낮은 집 마당만 높은 집에서 열나흘 달을

업고

　손방아만 찧는 내 사람을 생각한다.

　필사한 것을 되뇔수록 금순이 입술에 짠지처럼 달라붙는 백석의 시어들은 쓸쓸하고 절절했다. 이 사람은 실연의 아픔으로 울어도, 눈물 대신 시를 흘리는 사람이지 않을까 싶기도 했다.

　아아……. 시인은 낯선 이를 사랑하고 싶게 하고, 낯선 곳을 여행하고 싶게 한다.

　금순이는 나직이 한숨을 쉬며 물 잔을 기울여 입술을 축였다.

　그리고 지중지중물가를 거닐면

　당신의 이야기를 하는 것만 같구려

　당신이 이야기를 끊은 것만 같구려

　머리가 검고 눈이 크고 호리낭창하다는 시인의 첫사랑 란이가 부러웠다가, 자다가도 일어나 바다에 가고 싶은 곳 통영이라 하는 델 가보고 싶었다가, 기어이 대학생이 되고 문학을 공부해서 시인이 될 테다.

그녀가 골똘히 생각하고 굳은 다짐을 거듭하는 동안에 시간은 자꾸 흘러갔는데, 홀에 금순이가 아는 얼굴은 한 사람도 나타나지 않았다. 다시 구석구석 둘러봐도 들어설 때 눈이 마주쳤던 남자 하나만 흔들림 없이 앉아있었다. 금순이처럼 누굴 기다리는 사람 같았다.

아담하지만 단단한 체구의 그 남자는 타이트한 흰 셔츠에 물색 면바지를 입었고 신고 있는 흰 구두가 썩 잘 어울리는 차림새였다. 누군가를 기다리기 그만 지쳤는지 지그시 눈을 감은 채 짧고 뭉툭한 담배파이프를 빨며, 칙칙폭폭 연기를 피워 올리는 중이었다.

전화 왔어요, 전화 왔습니다!

벨소리와 함께 종업원이 금순이 이름을 부르며 찾는 때까지, 시간은 또 좀 더 흘렀다. 금순이가 제 이름을 호명하는 소리에 황급히 달려가서 수화기를 귀에 갖다 댔다. 모임날짜가 갑자기 변경된 것을 혹시라도 기별 못 받은 사람이 있을까 해서 황금다방으로 전화를 넣어 보았다는 말소리가 흘러나왔다.

금순이는 그만 기운이 쭉 빠졌다. 펼치고 읽던 백석의 시편들을 가방에 챙겨 넣고, 그녀는 힘없이 일어섰다. 그러나 다방에 오랫동안 죽치고 앉았던 자릿값은 해야겠다 싶어 도로

앉았다. 종업원에게로 커피 한 잔을 부탁했다.

잔뜩 기대하고 차려입고 나와선, 설탕도 크림도 넣지 않은 쓴 커피 잔을 홀로 기울이고 있는 제 모습이 덧없어 한숨이 저절로 나왔다.

누군가를 기다리다 지친 듯 담배연기만 피워 올리며 앉았던 그 남자가, 그녀에게로 다가서더니 불현 말을 걸어왔다. 저기……, 그쪽도 바람 맞았고 나도 바람 맞았나 본데 같은 처지에 커피나 같이 합시다. 내가 살게요.

넉살 좋게 수작 거는 그 남자를 향해 금순이가 조심스레 누구시냐 물었더니, 뱃사람 이영도라 했다. 그 남자가 손에 들고 있는 짧고 뭉툭한 파이프는 외국영화 속에서나 보았던 물건이었다. 갈매기 기웃대는 뱃전에 서있는 마도로스 주인공이 그것을 물고 있던 장면이 떠올랐다.

나는 한 이 년 반을 먼 바다로 외항어선을 타고 다니다 보니 몸은 지치고 마음은 고향 사람이 그립더군요. 바다보다 이젠 뭍에 정착하고 싶어요.

묻지도 않았는데 이영도가 자기 처지를 늘어놓기 시작했다. 아는 선배가 오늘 만나면 자갈치에 취직자리를 알선해 준대서 기대하고 나왔는데……, 무슨 사정이 생겼는지 안 오네요.

어쩜……. 사정이 비슷한 것도 같아 금순이도 식은 커피를 홀짝이며 정기모임 날짜가 갑자기 변경된 걸 저만 몰랐다고 종알댔다. 이영도가 정중히 물어도 그녀가 이름이나 연락처도 알려주지 않자 섭섭해 했다.

꼭 오늘이 아니어도 그쪽이 원하는 대로 다 이뤄지길 바래요.

금순이는 조용한 음성으로 커피 잘 마셨다는 인사까지 남기고 가방을 메고 자리에서 일어섰다. 황금다방 문을 열며 나서는데, 그녀 뒤통수에 대고 뱃사람 이영도가 외쳤다.

그쪽 들어설 때 나 이영도 맹인 되는 줄 알았네. 황금빛으로 하 눈부셨어요, 금순 씨!

금순이 낯이 화끈 달아올랐다. 뒤돌아보지 못하고 빠져나와선, 또각또각 힐 굽 소리를 내며 광복동 길을 달리듯 걸었다. 그 남자 영도가 금순이를 부르며 쫓아오기라도 하는 양, 속도를 내서 걷는 내내 그녀의 심장은 주책없게 벌렁 쿵쾅 야단이었다.

그를 두 번째 만난 때는 변경된 모임날짜에 맞춰 그녀가 황금다방으로 다시 간 날이었다. 금순이가 다방 문을 열자, 모임 사람들보다 먼저 뱃사람 이영도가 쳐다보며 활짝 웃었다. 그녀는 몹시 놀랐고, 곧 붉어지는 낯을 감추며 그를 모른 척했다.

　홀에 쇼스타코비치의 왈츠곡이 흘렀다. 금순이가 동료들과 차를 마시며 책을 돌려 읽는 동안, 영도가 제자리를 지키고 앉아있는 쪽에서 칙칙폭폭 담배연기가 줄기차게 피어올랐다. 파이프를 입에 물고 그는 줄담배를 태우며 모임이 진행되는 소리를 다 듣고 앉아있었다.

　모임이 파할 무렵에 인근의 유명한 책방에 자리가 났으니 일을 해보는 게 어떠냐고, 누군가 금순이한테 제의했다. 보수는 적지만 그녀가 책을 워낙에 좋아하니까 신간을 제일 먼저 접할 수 있어 좋지 않겠냐는 소리도 덧붙였다.

　금순이가 잠깐 고민하는 찰나, 그들이 앉은 자리 곁으로 누가 와서 섰다.

　실례지만, 그것보단 위대한 일을 할 사람입니다.

　그리고 눈 깜빡할 새 금순이는 손목이 낚아채여, 앉았던 자리에서 그만 일어서야 했다. 황금다방 문을 밀고 나와 그녀의 손목을 붙들고 광복동거리를 성큼성큼 걷는 이는 뱃사람 이영도였다.

　금순이는 정신을 가다듬었지만, 지난번처럼 심장이 벌렁거리고 쿵쾅거려 어찌할 줄 몰랐다. 그의 손을 뿌리쳐야겠다는 생각을 했는데, 그녀가 실제 그리하진 않았다.

160

영도는 복잡한 길을 이리저리 빠져나와 미화당백화점 옥
상에 닿아서야, 잡고 있던 금순이 팔목을 놓아주었다. 그의
억센 손이 붙잡고 있던 자리가 빨갛게 부풀어 오른 것을 보
고, 영도는 울상이 되며 사과했다.

금순이가 뭐라 대꾸하는 대신 낯을 붉히며 미소를 짓자, 그
가 용기 내서 말했다.

모임에 가는 날 빼고는 나하고 만납시다.

아이스께끼를 하나씩 입에 물고 백화점 옥상에서 내려와,
다시 광복동 거리를 걸었다. 두 사람은 깍지 낀 손을 앞뒤로
흔들며 달뜬 표정으로 행복했다. 영도는 국제시장을 가로질
러 헌 책방 골목으로 그녀를 이끌었다. 반나절을 손 붙잡고
헤매며, 금순이가 고파하는 시집이며 소설책을 실컷 고르라
하고 선물했다.

책이라곤 〈내일의 죠〉 같은 만화나 〈선데이서울〉 같은 잡
지밖에 관심 없었던 그였지만, 금순이가 읽은 것을 제게 이
야기 들려주면 심장이 부풀어 오르거나 눈물이 핑 돌거나 세
상이 예전과 다르게 보였다.

당신이 받는 그 느낌이 문학이라고 하는 것의 힘 같아요,
영도 씨. 나도 당신과 똑같은 느낌인걸요. 그렇게 속삭이는
금순이가 이영도 눈에는 벌써 똑똑한 대학생이고 아름다운

시인이었다.

금순 씨! 내가 뱃사람 그만두고 뭍에 뿌리 내리려 했는데……, 조금만 미룰게. 마도로스 봉급이 면사무소 공무원 하는 내 친구보다 세 배는 더 많다. 눈 딱 감고 삼 년만 더 먼 바다에서 고기 잡으면, 당신이 소원하는 대학교도 내가 보내줄 수 있겠다.

그렇지만……. 금순이가 눈물 고인 눈을 하고 싫은 표정을 지었지만, 영도는 만날 때마다 그녀를 설득하려 들었다.

금순 씨, 내가 살아보니까 가난한 자유인이 할 수 있는 것이라곤 도전과 모험뿐이더라고. 외항어선 아무나 타는 거 아니다. 돈 있고 빽 있어도 좋은 배 골라잡기 힘들다고. 나 맨땅에 헤딩하며 삼등 항해사가 되기까지의 노력을 가상히 여겨 허락해주오.

마침내 멸치 눈만큼이나 작은 다이아몬드가 박힌 금반지를 금순이 약지에 끼워주던 날, 그가 못 박듯이 힘주어 말했다.

당신이 변함없이 영도댁으로 살며, 내 딸 하나 아들 하나 낳아주었으면 해. 빨리 돈 많이 모아서 우리 둘이가 우리 넷으로 되면, 나 이영도 다시는 원양어선 안 타겠다고 약속할게. 금순 씨 대학교에 공부하러 가고 없는 시간엔 우리 새끼들 내가 보살펴야 하니까 더 타래도 못 탄다.

금순이 영도 품에 와락 달려들자 그가 굳센 팔로 안고 입술을 찾아 맞추었다. 그녀가 눈물을 흘리며 그리 하겠다 결국 약속했다. 결혼예물이랍시고 금순이가 모아두었던 돈을 탈탈 털어서 그에게 선물한 것은 시계였다.

바다 위 배 안에서 시간이란 할 일 없다. 영도는 그렇게 말하며 자주 안타까워했다. 금순이가 그게 무슨 소리냐 물었더니, 시간을 알 수 없으니 시간이 남아돌아도 그것을 관리하기 원체 힘들다는 의미라 했다.

그래서 뱃사람들은 걸핏하면 오늘 날짜가 며칠이냐 무슨 요일이냐를 놓고 실랑이하다, 일력을 찾아 갖다놓고 따져본댔다. 밥 때와 일 때, 잘 때 외엔 구별할 수 있는 개인의 시간이란 것은 바다 위에 존재하지 않는댔다. 다시 남태평양으로 출항하기 전에 그녀는 꼭 그만의 시계를 갖게 해주고 싶었다.

그렇다고 해도 일하는 동안엔 한시도 두 손이 놀 틈 없을 뱃사람 영도에게 손목시계는 거추장스런 사치품에 불과할 것 같아, 그녀는 허리띠에 걸 수 있는 튼튼한 시계를 찾았다. 둘이 처음 만난 황금다방 아래층에 자리 잡고 있는 오래된 시계방으로 가서, 금순이는 그런 시계를 꼭 좀 구해 달라고 부탁했다.

세관까지 드나들면서 보름 만에 시계방 노인이 구해온 물건은 영도의 파이프 색처럼 붉은 색깔의 가죽 줄을 허리띠에 걸 수 있게 만들었고, 때맞춰 밥만 잘 주면 시각도 날짜도 틀림없이 정확하게 표시한다 했다. 실용적일 뿐만 아니라 정말이지 기막히게 폼 나는 롤렉스시계였다.

결혼 첫날밤에 영도가 허리띠를 풀었을 때, 새 신부 금순이는 떨리는 손으로 붉은 가죽줄을 그것에 단단히 걸어주며 말했다. 뱃사람에게 바다 위에 시간이란 할 일 없어도, 당신이 내게 돌아오는 시각만큼은 목숨처럼 챙겨주어요.

금방이라도 울 것 같은 얼굴로 고개를 끄덕이는 영도의 표정과 상관없이, 그의 강하고 단단한 남근은 금방이라도 터질 듯 부풀어 올랐다. 영도가 그녀 귀에 대고 속삭였다. 내 살아가면서 우리 금순 씨를 오늘 밤보다 더 아프게 하지는 않으려고 노력할 거야.

약속처럼 그는 충분히 그녀를 애무했다. 벗은 몸으로 영도한테 안긴 내내 긴장하고 있던 그녀는, 부드럽게 만져지고 빨리는 대로 한 장 한 장 꽃잎 열리듯 조금씩 몸을 열었다. 아침이 밝을 때까지 엉켜 뒹굴다 둘 다 축 늘어져버린 이부자리에 핏자국이 선명했다.

그러나 너무 아프지 않게, 그날 밤 금순이는 영도댁이 되었다.

흰
여
울
길

두 번째 소식

 뱃사람 이영도의 와인빛깔 감도는 야생나무 뿌리로 만든 파이프와 그가 허리띠에 차고 다녔던 스타일 끝내주는 롤렉스시계를 꺼내 어루만지는 동안, 영도댁의 세월은 거꾸로 흘러 그녀를 금순이 되게끔 한다.

 "이 유품을 보시고서도 제가 아는 이영도 삼촌이 흰여울길의 영선 씨 아버지가 아니라 하겠습니까……."

 아이가 석의 애절하지만 단호한 음성에 금순이는 퍼뜩 영도댁으로 되돌아왔으나, 고개 들어 그를 바라볼 뿐 넋이라도 나간 사람처럼 아무 대꾸가 없다. 그녀는 호흡마저 멈춘 사물처럼 앉아있다가 가까스로 말문을 연다.

 "이보게, 그러면…… 그러면은……, 참말로 그 사람이 이 세상 어느 바다에도 없단 말인가……."

 아이가 석이 고개 떨구며 대꾸한다.

"지금은 어느 바다에 계신지 나 잘 모르겠습니다. 이영도 삼촌의 유해(遺骸)는 사모아 섬에 안장되어있습니다. 우리 아버지가 노환으로 돌아가시기까지 아침저녁으로 그 곁을 형제처럼 지켰습니다. 지금은 형제가 똑같이 마도로스파이프를 물고 담배연기처럼 가볍게 남태평양 바다건 영도바다건 함께 못 다닐 데가 없지 않겠습니까."

그가 하는 소리를 듣고 앉았던 영도댁과 영선이 눈에서 급기야 뜨거운 물이 쏟아진다. 가슴을 치며 영도댁은 절규한다.

"그 사람 불쌍해서……, 내 그 사람이 보고 싶어서 인자는 어째야 하노."

영선이가 어머니 어머니 하며 달려가 영도댁을 끌어안고 등을 쓸어도, 버둥대며 밀어낸다.

덩치 큰 아이가 석도 손등으로 눈물을 닦아내다가 다시 말문을 연다.

"우리 아버지 어머니가 영도 삼촌의 가족께로 편지를 드리긴 했습니다만, 그 시절엔 산 사람도 나라와 나라 간을 자유롭게 다니기가 힘들었다고 들었습니다. 어쩌면 그 세월 동안에 영도 삼촌을 우리 섬에나마 무사히 안장할 수 있은 것이 다행이었는지 모릅니다.

남태평양 사모아 섬의 한국인 마도로스 묘지에는 삼촌과

고향이 같은 마도로스가 나란히 누워있습니다. 그런데 재작년부터는 귀국하지 못한 마도로스를 위해 나라 간에 새로운 법률이 생긴다고 들었습니다. 이제는 유가족이 간절히 원하기만 하면 사모아에 계신 이영도 삼촌을 고향으로 모셔올 수 있을 거라 봅니다.

그런 것을 알자마자 두 번째 소식을 작년에 내가 드렸습니다. 이영도 삼촌 집에 형제를 찾아서 이 주소대로 찾아가도 괜찮으냐고 묻는 내용의 엽서였습니다. 한국어를 수년 간 공부한 덕분에 어느 정도 자신감도 생겼기 때문입니다.

나는 우리 아버지와 삼촌의 고향으로부터 답장 오길 기다렸지만 오지 않았습니다. 잠자코 기다림만으론 부질없는 것 같아, 용기 내어서 배낭 하나 달랑 메었습니다. 그리고 영도다리를 건너 흰여울길로 내가 직접 찾아온 것입니다.

그런데 작년에 부쳤던 내 엽서가 아직도 이 길에 닿지 않은 겁니까?"

작년에 그 항공엽서는 영주가 받았다. 사모아 섬에서 새처럼 남태평양을 날아 아이가 석의 소식이 영도바다에 닿았을 즈음, 영주는 더 넓고 깊은 바다로 매순간 자신을 내던지고 싶었다. 그런 심정으로 어느 날도 빈집을 지키다, 기다란 마당 같은 흰여울길로 나가 그는 서성거렸다.

지금도 자갈치 한울식당에서 생선을 굽고 있는 영도댁이 생모(生母)가 아니라는 충격보다 지금쯤 다리 밑에서 축제를 짓고 있는 영선이와 친남매가 아닐 수 있다는 사실로, 영주는 더 혼란스러웠다. 그러나 무슨 소리, 어머니가 달라도 아버지는 같으니 엄연히 둘은 친남매일 수 있었다.

그럼에도 영주가 혼란스러운 진실한 이유란 엄연히 둘이 친남매일 수 있다는 현실을 부정하고 아닐 수도 있는 가능성에 기대고 싶은 그의 또 다른 마음 때문이었다.

얼굴은커녕 생사조차 모른 채 기다려온 아버지에게로 영주는 정(情)이란 없었다. 그가 먼 바다에서 죽어버려 이대로 영영 눈앞에 나타나지 않는다면, 처음부터 아버지는 없었던 존재라 여기고 영선이한테로 벌떡벌떡 일어서는 뜨거운 감정을 영주는 그만 고백하고 싶었다.

오랫동안 영선이 누나는 내게 특별하고 간절한 사람이야. 그러나 누나는 아직 내 출생의 비밀을 모르고 있지 않은가…….

충격과 혼란으로 자갈치선착장에서 뛰어내렸던 바다로부터야 김씨가 무사히 건져 올렸지만, 영주는 여전히 외딴 바다에 홀로 버려진 것 같은 느낌이었다. 그는 살았어도 자기 자신이 자갈치 횟집 수족관 속에서 뻐끔거리는 물고기처럼 죽음을 향해 하루하루를 소진하고 있는 것만 같았다.

쓸쓸하고 우울한 표정으로 흰여울길에 서서 제 허리춤 높이의 담장 너머 바다를 응시하고 있는 영주에게로, 그날 오후에 유니폼을 말쑥하게 차려입은 젊은 사내가 성큼성큼 다가섰다. 붉은 제비가 그려진 큰 가방을 메고 있었다.

사내는 시멘트벽에 붙은 '이영도'라는 문패를 확인하고선, 그 집 문 앞에 서있는 영주한테로 이 집에 사느냐고 물어왔다. 영주가 고개를 끄덕이자 손에 들고 있던 항공엽서와 흰 봉투를 건네주고 그의 손도장을 받고 바쁘게 돌아섰다.

제비가 물어다 준 흥부의 박씨 같은 소식이길 영주는 막연히 바랐다. 봉투를 뜯지 않아도 내용을 읽을 수 있는 항공엽서부터 그는 들여다봤다.

……괜찮다면 이영도 삼촌의 유품을 챙겨서, 고향집으로 내가 직접 찾아가고 싶습니다……

뭐야……! 그렇다면 유품만 남았고 사람 이영도는 죽었다고 하는 소리인가. 발신인 란에는 'Aiga Seok'이라는 낯설고 기묘한 이름자가 쓰여있었다. 이름은 알아도 얼굴을 모르는 제 아버지가 먼 바다에서 진작 죽어버렸을 거라 영주는 짐

작해왔지만, 엽서 내용을 거듭 읽으며 그의 손은 떨렸고 입술마저 실룩댔다.

영주의 머리 위 해는 뜨거웠지만 봉래산 비탈에서 바다 쪽으로 선들바람이 불어왔다. 집 앞의 빨랫줄에 널린 노란 수건이 집게를 붙잡고 그네를 뛰기 시작했다. 영주가 손에 들고 서있는 엽서가 저도 궁금하단 듯 노란 수건은 그 내용을 슬쩍슬쩍 훔쳐보는 것 같았다.

그는 고개를 들어 빨랫줄에 매달려 그네를 뛰고 있는 노란 수건을 한번 쳐다보더니 엽서를 뒤집어버렸다. 오늘 아침에도 어김없이 영도댁이 빨아 널어둔 샛노란 수건을 영주는 다시 고개 들어 한참 바라보고는, 뒤집어서 들고 있던 엽서를 땀 차오른 제 겨드랑이 사이에 숨기듯 아예 끼워 넣었다.

마른 침을 한 번 삼키고, 그는 붉은 제비가 가져다준 다른 우편물을 살폈다. 엽서와 달리 흰 봉투의 수신인 란엔 '이영주'라 적혔다. 그가 조심조심 봉투를 뜯고 속에 든 종이 한 장을 펼쳤다. 맨 위에 '징병검사 소집 통지서'라는 큰 글자가 눈에 들어와 박혔다.

한 대 얻어맞은 사람처럼 영주는 작열하는 태양 아래에 꼼짝 않고 서서 땀을 비 오듯 흘렸다. 그것이 신체검사 날짜와 장소를 통보하는 것일 뿐, 당장 군인으로 입대하란 소리가 아니라는 것쯤은 알고 있었다. 그러나 영주는 제가 태어나 살고 있는 나라가 휴전(休戰) 중이라 징집국(徵集國)이라는 사실과 해양고등학교를 졸업한 이후 잊고 사는 제 나이를 새삼 상기할 수밖에 없었다.

고독하고 우울하게 흰여울길을 서성이던 영주의 어지러운 생각과 복잡한 심정이 먼 바다를 향해 노란 수건처럼 일어섰다 주저앉기를 반복했다. 하루하루를 소진해 가던 자기 일상에 정리와 결단이 필요한 시기라는 것을 문득 알아챘는데, 무엇이 우선인지 알 수 없었다. 누구와 의논해야 할지조차 막막했다.

아버지가……, 내 존재도 모를 것이고 서로 얼굴 한번 본 적 없는…… 그러나 아버지라 하는……, 그 사람이 불현듯…… 이토록 사무치게 그리울 수 있다니…….

저도 모르게 그리 중얼거리고 나니 왈칵 눈물이 솟구쳐 그의 뺨을 타고 흘러내렸다. 영주는 빨랫줄에 매달린 노란 수건자락을 끌어당겨 제 얼굴을 닦았다. 그리고 담장 너머 시퍼렇게 펼쳐진 바다를 노려보았다.

벽에 걸린 액자 그림처럼 눈만 뜨면 보며 사는 바다다. 항구에의 안착을 기다리는 크고 작은 배가 점점이 평화롭게 정박 중인 그 바다를, 영주가 비정하다 느끼긴 그날이 처음이었다.

거북이등껍질 같은 노트북 가방 속에서 영주가 석의 엽서와 징병검사 소집 통지서를 꺼낸다. 그것을 영도댁 앞으로 밀어놓으며 그가 말한다.

"그동안 숨겨온 이것 두 가지를 오늘 보여드리며, 제가 하고 싶은 말씀도 다 드리려 마음먹었습니다. 그래서 누나와 함께 자갈치로 가서, 어머니를 집으로 일찌감치 모시고 온 겁니다."

영도댁보다 먼저 영선이가 한숨을 내쉰다. 저를 향한 영주의 애틋한 마음을 사춘기 소년이라면 누구라도 거쳐 가는 그런 것이라고만 여겨온 터이다. 그녀와 서로 아버지가 같지만 어머니가 다르다는 사실을 김씨를 통해 문득 알게 된 날부터 오늘까지, 영주의 마음속은 가시밭이었을 테다.

아무것도 모르는 채 그 험한 밭길을 맨발로 혼자 걷게 했구나 싶어, 영선이는 마음이 아프다.

"결국 나는 영주에게 누나도 가족도 뭣도 아니었던 게야……."

자책감이 들어 영선이는 그리 중얼거리며 고개를 숙인다.

그러나 영도댁은 자식의 중대지사 앞의 어미다우려 애쓴다. 보다 더 차분한 음성으로 영주한테 묻는다.

"그러니까 네가 우리에게로 더 하고 싶은 이야기가 남아있다는 소리재?"

"예, 고등학교 졸업하고 줄곧 헤매왔지만 그렇다고 길을

174

잃은 것은 아닙니다. 남의 꿈이 아니라 내 꿈을 꾸며 살고 싶습니다. 그러한 삶이 아니라면, 시간은 헛된 흐름일 뿐이라 느꼈습니다."

어떤 이는 새아침에 어시장엘 가면, 어부가 되고 싶어진다 했다. 큰 바다를 헤치고 나가 억센 것들과 맞서 싸우며 청신한 어족들을 모조리 잡아 비끌어 오고 싶어진다고도 했다. 따지고 보면 자갈치 어시장 한복판 출신인데, 영주는 그렇지가 않았다.

보고 싶을 때나 보고 싶지 않을 때나 그는 자갈치에 수족관 속 살찐 물고기를 보며 자랐다. 칼잡이가 한 마리씩 건져 올릴 때마다, 물고기는 아가미를 가쁘게 열며 지느러미를 곤추세우고 눈알을 번뜩였다.

그러나 한방에 그것의 숨 뚜껑은 닫혔다. 철이 들기도 전에 영주는 도마 위에 오른 단말마의 고통에 대하여 알아버렸다. 그만 눈을 돌리면, 자갈치 아지매가 끼고 앉은 붉은 함지 속에 껍질이 홀라당 벗겨진 꼼장어 떼가 불에 굽히기 전의 생을 구불구불 몸부림쳤다.

고기잡이가 생업인 사람으로는 죽어도 살지 않겠노라 다짐하는 날 밤이면, 새도록 시퍼런 바다 꿈을 영주는 꾸었다. 물보라를 일으키며 눈앞에 닥쳐오는 거대한 존재감에 몸을 떨면서도 차마 보고 싶어……, 그는 잠속에서 연신 눈을 비볐다.

또렷이 보고 싶다고……. 마침내 수면 위로 모습을 드러내는 순간 그것은 영주의 입을 떡 벌어지게 했다. 자갈치의 수족관 속 생선이 아니었다. 바다를 제 자유대로 헤집고 다니는 참다운 물고기였다.

무자맥질하며 영주는 그것을 쫓았다. 사정없이 바닷물을 먹어가며 팔다리를 놀렸다.

참물고기가 앞만 보고 헤엄쳐 나아가다 사람처럼 고개를 꺾어 그를 바라보았다. 영주의 입은 또다시 떡 벌어져야했다. 생선대가리가 아니라 사람 얼굴이었다. 분명히 뽀얗고 갸름한 여자 얼굴이었다.

여자 얼굴을 한 참물고기는 수면 위로 배를 드러내고 누워서도 헤엄을 잘 쳤다. 몸을 더듬는 잔물결에 전신이 간지럽다는 듯, 꼬리지느러미로 찰박찰박 물결을 두드리며 갔다. 음……, 음……. 끝없는 이야기를 속삭이듯 가느다란 소리로 노래를 부르며 나아갔다.

영주야……, 영주야?

그러고 보니 망망대해에 저 참물고기 얼굴은 영주 눈에 영선이를 꼭 닮아있다.

누……나?

영주야, 애 영주야! 무슨 꿈을 꾸기에 몸부림이 이렇게 심하노!

번번이 그의 몸을 흔들며 깨우는 이는, 곁을 지키듯 한 방에 누워 잠자는 영선이었다.

꿈을 깨는 대로 그는 사지가 나른하고 아랫도리가 축축했다. 몽정한 것을 들킬까봐, 새우처럼 몸을 구부리고 영주는 이불 속으로 파고들었다. 시퍼런 바다에 여자 얼굴을 한 참물고기를 보는 날 밤마다 귓전에 가느다란 노랫소리가 울려 퍼졌고 떨치려 몸부림치다 그는 사정했다.

잠 속에 거듭되는 그 꿈이 두려웠으나 누나 영선이와 한 방 쓰는 것을 결국 영주는 포기했다. 그녀의 봉긋한 젖가슴과 풍만한 엉덩이를, 꿈에라도 더듬지 않을 자신이 더는 없기 때문이었다.

그런 속내를 알기라도 하듯, 문득 영주가 제 이부자리와 책 같은 것을 다른 방으로 싹 옮겨가는 것을 영선이는 가만히 지켜보기만 했다. 며칠 후 영주 방문을 노크하고 들어서서 영선이가 말했다.

영주야, 오늘 밤 하늘에 보름달이 뜬단다. 바닷물도 호수처럼 조용하겠구나.

어? 그렇다면…….

그래, 기억하고 있니? 때가 되면 물고기 놓는 법을 누나가
가르쳐주겠다고 했던 거.

응.

난 네가 보채지 않아서 진작 잊어버린 줄 알았다.

그때 내가 아무리 어렸어도 기억하고 있다. 누나가 당부했
듯 얌전히 때를 기다린 거지.

저녁밥 먹자마자 남매는 오래간만에 손을 꼭 잡고 흰여울길
끝까지 함께 걸었다. 성인 허리께에 닿는 흰여울길 담장이 끝나
는 지점에서 둘은 돌계단을 밟고 영도바다 해안까지 내려갔다.

달이 뜨는 시각인데 뜻밖에도 바닷가에 사람이 끓었다. 바
다를 향해 서있는 사람 수는 십수 명인데 사위는 조용했다.

영선이 왔나, 오늘은 영주도 데리고 왔네.

돌아보더니 남매 곁에 와서 조그만 소리로 인사한 이는 순
덕이네 할머니였다. 자세히 보니 거기 모여있는 이들은 전부
알고 지내는 사람들이었다. 몸빼를 입고 고무앞치마를 두르고
고무장화를 신은 자갈치에서의 차림새가 아니라 금방 알아보
기 힘들었다. 아지매들은 장롱 속에서 제일 아끼던 옷을 꺼내
입고 나온 듯 곱고 정갈했다. 아지매들 앞에 스님도 있었다.

영주가 좀 놀라, 영선이를 불렀다.

누, 누나…….

그래. 자갈치의 '방생법회'사람들이야. 어렸을 적에 아지매들이 여기서 물고기를 놓아주는 것을 보았었다. 구경만 해오다가 지난해부턴 나도 참여하기로 마음먹었어. 불심 깊은 아지매들이야 가장 쉬운 보살행의 실천이라 여기고, 또 뭐라더라 아! 불국정토에 다가가는 길이라 믿는다는데, 딱히 종교가 없는 나한테는 마음을 다스리는 시간이 될 것 같아서…….

내가 영주 너도 꼭 한번 데려오고 싶었다. 네 꿈속에 물고기를 바다로 보내주고 두려움으로부터 그만 자유로워져라, 영주야.

영주는 고개를 끄덕이며 영선이 손을 다시 찾아 잡았다.

교회도 안 가고 절에도 안 다니는 우리 어머니한테는 당분간 비밀이다. 뭐라 하시지는 않겠지만 괜한 걱정하실까봐. 알았지?

응.

보름달이 솟자 아지매들이 부산히 움직이기 시작했다. 돗자리를 깔고 상을 펴고 준비해온 음식을 차렸다. 그 상 앞에 스님이 서서 못 알아들을 주문 같은 소릴 했다.

옴 살바 못자 모지 사다야 사바하

여전히 사위가 조용한 가운데 목탁소리만 허공에 퍼지기 시작했다. 자갈치 아지매들이 무릎을 꿇고 바다를 향해 일제히 절하기 시작했다. 영선이도 했다. 우두커니 혼자 서있을 수 없어 영주도 따라 넙죽 절했다.

바닷길이 열리듯 아지매들 사이로 길을 열며, 바다 쪽으로 순덕이네 할머니가 걸었다. 머리에 고무다라를 이고 있었다. 그 뒤를 따라 걷는 아지매 두 분도 고무다라를 이었다. 바닷물 철썩이는 곳에 두 손으로 고무다라를 조심히 내려놓았다.

그 속은 온통 어린 우럭이었다. 작은 물고기들은 큰 바다냄새를 맡아서인지 당장 튀어오를 듯 힘차게 헤엄쳤다.

스님의 목탁소리가 커졌다. 아지매들은 세 줄로 질서 있게 늘어섰다. 맨 앞줄의 아지매가 어린 우럭 한 마리를 건져 올려 바가지에 담았다. 바람 없어 잔물결 출렁이는 바다로, 어린 우럭은 바닷물처럼 스며들었다.

하늘에 보름달은 하나인데 바다엔 빛으로 나뉘어져 달은 천개이고 만개였다. 달빛을 등에 지고 바다를 열심히 헤엄쳐 가는 작은 물고기 생의 새로운 시작이었다. 방생하는 것을 지켜보다 영주는 까닭 모르게 눈물이 흘러 두 손바닥으로 자꾸 얼굴을 문질렀다.

자, 영주야 네 차례다. 어서!

영선이 소리에 정신이 든 양, 영주는 바가지를 들었다. 고무다라 속 어린 우럭을 바가지에 담고 조심스레 제 한 손도

담갔다. 손가락 사이를 매끄러운 생명이 헤집었다. 살그머니 손바닥을 오므려서 물고기를 잡으니, 빠져나가려 필사적으로 몸부림 쳤다.

그만 놓아주자마자 작지만 힘 있는 꼬리지느러미로 찰싹 손등을 때렸다. 얻어맞고서 영주는 눈물이 마르지 않은 얼굴로 하하 웃었다. 영주의 물고기도 보름달을 등에 지고 너른 바다로 스몄다.

바라옵건대, 부처님의 위신력으로 지혜를 구족하고, 오늘 방생한 모든 생명과 시방세계의 중생들이 모두 해탈을 얻어 위없는 보리를 성취하기 발원하옵니다.

영주는 그제야 스님이 하는 소리를 알아들을 수 있었다. 저절로 두 손을 모았다.

나무 석가모니불나무 석가모니불 나무 시아본사 석가모니불 영선이가 중얼거리는 소리를 따라해 보기도 했다.

하늘에 보름달이 뜨고 바닷물이 호수처럼 조용했던 그날 밤의 방생 이후, 영주를 오랫동안 괴롭혔던 악몽은 사라졌다. 떨치려 몸부림쳤던 기분 나쁜 노랫소리도 더는 들리지 않았다. 가끔 천 개의 달 만 개의 달이 빛나는 바다를 보거나 그 속을 자유로이 헤엄치며 노는 어린 우럭이 보여, 잠든 입가에 미소가 어리는 밤이 있었다.

흰
여
울
길

무지개전사와 툴라팔레

"제가 깊이 생각해 보고 마음먹은 바, 배를 더 잘 알고 먼 바다보다 가까운 바다부터 지키고자 우선 해군에 자원입대를……."

"안 돼!"

그렇게 외친 사람은 그의 어머니 영도댁이거나 누나 영선이가 아니다. 사모아에서 형제 찾아온 아이가 석은 더욱 아니다.

영주가 하고 싶은 이야기를 털어놓는 중간에 그의 말을 끊어버린 이는 옆집에 사는 선미다.

그녀는 오래간만에 외출하여 서점에서 책을 고르고 있다가 순천댁으로부터 영도댁의 저녁식사 초대를 전해 들었고, 책값을 계산하자마자 신바람 나게 달려온 것이다.

선미는 『나는 희망의 배를 탔다』와 『지구는 우리가 지킨다』

를 품에 안은 채 문지방을 밟고 서있다.

"선미야! 이리 들어와 앉아봐."

그녀를 쳐다보고 영주가 불러도, 선미는 꼼짝 않고 서서 부르짖는다.

"안 돼. 절대 안 돼! 어디로든 영주 너를 나는 보낼 수가 없어. 나한테는 영주 너뿐이란 말이야. 어릴 적부터 너는 내게 특별하고 간절한 사람이었다는 걸 왜 몰라주니, 이 바보야!"

지금 선미는 영주가 영선이한테로 하고 싶은 소리를 쏟아내는 중이다. 결코 몰랐던 게 아니다. 어제까지 모르는 체해온 영주 속내가, 오늘 바깥으로 튀어나온 선미의 마음보다 더 아프다.

그 아픈 마음을 숨기며 그가 선미를 달랜다.

"선미야, 우리 어머니와 누나 앞이다. 오늘은 우리 집에 형제 같은 손님도 와 계시다. 진정하고 이리 와서 앉아봐."

그래도 꼼짝 않고 서있는 선미에게로 영선이가 다가가 말한다.

"선미야, 언니도 놀랍지만 영주 이야기가 아직 다 끝나지 않았다. 그러니 더 들어보자꾸나."

비로소 선미가 방에 들어서 영선이 앉았던 자리에 함께 주저앉으며 분하고 억울한 사람처럼 흐느끼기 시작한다. 그녀는 울음 섞인 음성으로 또 중얼댄다.

"영주는 그린피스(Green Peace) 대원이 되는 게 꿈이에요. 어린 물고기까지 싹쓸이해서 바다를 씨 말리고 있는 뱃사람 따위는 되고 싶지 않다 했어요…….

그 짓보다 더 나쁜 건, 바다에 전(錢)망나니 같은 뱃사람과 자갈치 장사치들 사이에서 피를 빨며 사는 중개업이랬어요. 그래서 영주는 자갈치에서 일할 생각이 전혀 없는 거고……고향바다에서 제가 할 수 있는 일이란 아무것도 없는 것 같다며 절망해왔어요…….

이건 제가 영주와 함께 읽으려고 사온 책이에요."

품고 있던 『나는 희망의 배를 탔다』와 『지구는 우리가 지킨다』를 선미가 방바닥에 내려놓는다.

곁에서 그녀 말을 들으며 앉아있는 영선이가 고개를 끄덕이며 선미 등을 다독인다. 선미 말속에, 그러니까 영주의 오랜 갈등 속에는 부인할 수 없는 인간의 부도덕이 새겨있다. 그러나 또 부인할 수 없는 것이 생존의 본능이다. 거기다가 통제할 수 없는 것이 인간의 욕망이란 데까지 생각이 닿자…… 영선이는 그만 질끈 눈을 감고 만다.

영도댁은 선미 말을 듣는 동안 자갈치 공동 어시장의 김씨 존재가 떠올라 마음이 불편해진다. 그러나 내색 않고 그녀는 영주를 채근한다.

"네가 하던 이야기를 나는 계속 듣고 싶구나."

"예……, 선미가 말한 대로 저는 환경보호를 주장하는 국제단체 그린피스에 관심이 많고, 거기서 일하는 게 꿈입니다. 그러나 당장 할 수 있는 일이 있고 언젠간 하고 싶은 일이 있습니다…….

나중으로 미룰 수 있는 일이 있고 결국은 해야 하는 일이 있고요. 혼돈스럽지만 그게 사람살이란 생각을 했습니다. 그리고 순번을 매겨봤습니다."

"오, 그린피스! 지구의 무지개전사……."

잠자코 앉아있던 아이가 석이 감탄이라도 한 듯 탄성과 함께 중얼거린다.

"석도 무지개전사라는 존재를 아는가 보네요……."

밑도 끝도 없이 아름다운 사람의 역할일 수 있는 툴라팔레가 되고 싶다 했던 석을 향해, 영선이가 그리 대꾸하며 엷은 미소를 지어 보인다.

그녀는 영주가 하는 이야기를 듣고 있는 내내 어지간히 툭탁거렸던 남매의 어린 시절을 떠올리고 있다. 엄마는 영주만 귀해 하고 나만 미워해. 그런 원망을 품고 영도다리 밑으로 가출했던 아홉 살 적 기억이 영선이에게 새록하다.

철이 들면서 그녀는 영주를 제가 보듬고 지켜야 하는 코흘리개 동생으로만 여겨왔는데, 그랬던 그가 언제 저만큼 장성했나 싶어 마냥 대견스럽다.

영주는 석과 영선을 바라보다 용기가 좀 더 난 듯, 좀 더 힘 있는 목소리로 말을 이어간다.

"여전히 혼돈 속이지만……, 제가 당장 할 수 있고 결국은 해야 하는 일을 제일 먼저 해야겠다고 마음먹었을 뿐, 나중으로 미루어도 언젠가는 하고 싶은 일을 하며 살고 싶습니다."

거기까지 그가 말하자, 선미가 울먹이며 따진다.

"그러니까 영주야……, 너는 무지개전사가 될 준비를 하는 거라 했잖아. 나랑 같이 어학공부도 하고 자격증도 알아보고…… 그러며 지내왔잖아…….

너를 보면 나도 덩달아 힘이 났다. 나는 외국어를 잘하니까 네가 그린피스 배를 타면 나도 같이 타려 마음도 먹은 상태다. 그런데 어째서 갑자기 자원입대를 결심한 건지, 아직도 나는 잘 모르겠다고…….

영주가 선미를 향해 고개를 끄덕이며 말을 잇는다.

"선미야, 그래서 하루라도 더 빨리 해군이 되고자 하는 거야. 내가 여러 가지로 부족하지만, 해양고등학교를 졸업했으니 그 길이 불가능하진 않다. 내게는 사실 당장 바다로 나갈 선박항해사 자격증 하나 없잖아……

길다면야 길겠지만 짧다면 또 짧을 수 있는 해군 복무 기간 동안에 혼자만의 시간을 활용해보려 한다. 내게 꼭 필요한 공부를 해가면서 소중한 사람들이 있는 가까운 바다부터 지키려 하는 거다. 나 스스로가 좀 더 나아지는 것이 불법 고기잡이로 몸살 중인 먼 바다까지 책임질 수 있는 가장 빠른 길이겠다는 생각을 한 거야."

영주의 차분한 설명을 듣고 선미가 한숨을 내쉬며 고개를 숙인다. 별 수 없이 그의 결단을 지지하듯 그녀가 종알댄다.

"포기하는 게 아니라 연기한다는 의미네…… 네가 잘 해내고 건강하게 흰여울길로 돌아올 거라 약속하면, 난 기다릴게."

"그래. 이해해줘서 고맙다, 선미야. 약속할게."

영주가 선미를 향해 싱긋 웃어 보이고 말을 이어간다.

"미지의 세계를 스스로 열며 제가 왜 두렵지 않겠습니까. 얼굴도 모르는 아버지가 생애 처음 그립기까지 했습니다. 만약 아버지가 지금 듣고 계시다면……

아마도 잘한 결정이라고 말씀했을 거라 생각합니다……. 아버지는 바다사나이였다고 하니까 분명히 그럴 겁니다…….

또 아버지는 자기 자신보다 사랑하는 사람의 꿈을 위해서 먼 바다로까지 고기잡이배를 타고 나가신 거라니까⋯⋯.

해군도, 무지개전사도, 참 잘 내린 결정이라고 제게 용기와 격려를 주셨을 겁니다. 우리 마도로스 아버지는⋯⋯ 음."

거기까지 이야기하다 영주는 한 손으로 이마를 감싸 쥐며 더 말을 잇지 못한다. 달랑 항공엽서 한 장에 실려 왔던 그의 아버지 이영도의 사망소식이 울컥 복받치듯 떠올랐기 때문이다. 그 속을 들여다보기라도 한 듯 영도댁이 서럽게 흐느끼기 시작한다.

영선이가 영주에게로 다가가 어깨를 다독이며 말한다.

"영주야, 그만큼 했음 되었다. 충분하다. 어머니도 나도⋯⋯ 너를 사랑하고 존중한단다⋯⋯. 저녁때가 한참 지났는데, 말을 너무 많이 해서 배가 더 많이 고프겠다, 얘."

영도댁도 퍼뜩 정신이 돌아온 사람처럼 영선이 소리에 덧붙인다.

"아⋯⋯ 그래, 맞다. 영주뿐만 아니라 아이가 석도 선미도⋯⋯ 영선이도⋯⋯ 모두 배고프겠다⋯⋯. 그런데 나는 저녁 먹을 생각이 전혀 없구나⋯⋯."

"예, 어머니는 우선 좀 쉬고 계시는 편이 좋겠어요. 저도 뭘 먹고 싶은 생각이 없으나, 손님과 애들은 밥 먹여야지요."

영도댁이 이영도의 유품상자를 안고 비척비척 방으로 들어가고, 영선이는 주방으로 들어간다. 언니, 나도 거들게요 하며 선미가 따라 들어선다. 한울식당서 챙겨온 요리재료로 둘은 간소하게나마 상을 차린다. 그녀들이 생선을 굽고 달걀을 풀어서 말고 채소를 다듬는 동안, 영주는 석을 제 방으로 안내한다.

석이 짊어지고 다니던 배낭을 영주 방에 내려놓고, 종일 형제 찾아 돌아다니던 두 다리를 비로소 쭉 뻗는다. 영주 방을 둘러보는 석의 눈이 빛나는가 싶더니, 벽에 붙은 사진을 손가락으로 가리키며 달뜬 음성으로 외친다.

"오오, 무지개전사다. 남태평양 무지개전사가 영도바다 흰 여울길에 있네!"

"하하, 무지개전사 맞습니다. 석은 그를 어떻게 압니까?"

"당연히 알지요. 사모아 섬사람들은 황폐한 지구에 구원자와 같이 나타날 그의 존재를 오랫동안 믿어왔어요. 난 우리 섬의 툴라팔레가 되는 게 꿈이니까, 이쯤은 알아야 무지개전사의 희망을 후세까지 널리 전할 수 있답니다."

석의 즐겁고 진지한 표정을 들여다보다 영주가 쑥스럽지만 발랄한 음성으로 형, 말씀 놓아요 한다. 그러나 석은 어리둥절한 표정으로 되묻는다.

"어디에다 놓아요, 말을?"

"하하하."

영주가 박장대소하다 고쳐 말한다.

"그러니까 형이 동생한테 말하듯이 편하게 말씀해달라는 의미에요."

"아하! 좋다."

영주가 이번엔 간절한 목소리로 석한테 청한다.

"형의 꿈이라 하는 그 사모아 섬의 툴라팔레에 대해 좀 더 듣고 싶어요. 음……, 형이 어렸을 적에 만났다는 우리 아버지 이야기도요. 저녁밥 먹고 나면, 이 방에 나란히 누워 이야기 들려줄 거죠, 형?"

이영도를 쏙 빼닮은 영주 얼굴을 마주하고, 아이가 석의 얼굴이 활짝 웃는다. 그는 흰 이를 드러내고 한쪽 팔을 뻗어 영주 어깨 위에 손을 얹으며 큰 소리로 외친다.

"그러자, 그러자! 영주야, 아버지와 삼촌처럼 우리도 형제 맞다 아이가."

석은 우람한 덩치만큼 식성도 좋다. 그는 영선이가 발라주는 생선 살점을 넙죽넙죽 받아먹다, 생선꼬리를 잡고 아예 머리째 뜯어먹는다. 간간이 남태평양의 깊은 바다에서 잡아올린 고기보다 영도바다 물고기의 쫄깃한 식감이 훨씬 더 판타스틱하다고 떠들기도 한다.

선미가 영주 먹을 것이 하나도 없다 툴툴대도, 그는 못 들은 척한다. 그 모습을 지켜보던 영선이가 소리 내서 웃다 일어서, 냉장고에 남아있는 생선까지 죄다 구워서 영주 것을 챙겨주고 밥 한 그릇은 따로 죽으로 끓여낸다.

갓 지은 잡곡밥이 밥통에 동날 때까지, 나눌수록 맛있고 나눌수록 즐거운 식사자리이다.

설거지는 무지개전사와 툴라팔레가 나서며 팔을 걷어붙인다. 지구를 지키기 전에 황폐해진 주방부터 사수하겠다고 영주와 석이 말한다.

그들을 믿고 영선이와 선미는 주방에서 나와 살그머니 영도댁 방문을 연다. 그리고 따뜻한 죽 그릇을 수저와 함께 그녀 방에 넣어준다.

모로 누워 마도로스파이프와 롤렉스시계를 쓰다듬고 있던 영도댁이 돌아보더니 영선이와 선미를 향해 애잔히 미소 짓는다.

밤이 더 깊어지기 전에 선미를 옆집에 바래다준다는 명분으로, 청년 넷이 나란히 흰여울길로 나와 선다. 담장 너머 바다야 칠흑이라 수평선도 가늠되지 않는 시각이지만 거기 흘

어져 정박 중인 배로부터 밝기가 다른 불빛이 각양각색으로
흘러나오는 중이다.

"사람의 불빛인데 밤하늘의 별빛 같군."

바다 쪽에 시선을 꽂고 영주가 중얼거린다.

"정말……, 훔치고 싶도록 따뜻하고 아름다운 빛이로구
나……."

영선이도 사람의 불빛으로 충만한 영도바다를 바라보며
대꾸한다.

"아, 영주야! 내가 밤하늘의 별을 따다 달라 하면 네가 멀
리 달아날 것 같고, 저 밤바다의 불빛은 어째 좀 안 되겠나?"

돌연 선미가 외치듯 그리 말하는 바람에 넷이 한꺼번에 하
하하하 웃는다.

석이 빠질 수 없다는 듯 셋을 향해 말한다.

"남태평양바다하고 영도바다하고 닮아있다."

셋의 눈이 별처럼 빛나며 석을 바라보고 섰다. 그런 그들
을 향해 석이 덧붙인다.

"그러니까…… 사람을 꿈꾸게 하는 바다라고."

"응?"

"바닥 같은 개펄을 숨긴 잔잔하고 깊은 바다라, 우리를 끝
없이 꿈꾸게 한다고. 무한한 모험의 항해도 부추기고!"

남태평양 사모아에서 온 석이 한국말로 열심히 감상문을 써내려가듯 영도바다를 논하는 소리에, 영선이가 고개를 깊이 끄덕이며 그의 말을 거든다.

"맞아요, 석. 영도바다는 남태평양으로 가는 길목이고, 부산의 웅숭깊은 바다에요. 그 뜻이 넓고 큰 무지개전사와 툴라팔레를 얼마든지 응원하는 바다라는 점에서 닮아있어요."

영선이의 대꾸를 듣자마자 석이 손나팔을 만들어서 밤바다를 향해 야호 하고 시원하게 고함친다. 영주도 형 같은 석을 따라 손나팔을 하고 고함지르려는 찰나, 선미 집 창문이 열리며 그 아버지의 호통소리가 쏟아진다.

"야심한데 흰여울길에 누가 그래 떠들고 섰노? 선미 니 빨리 집에 안 들어 올 거가?"

그 소리에 청년 넷은 하나와 셋으로 나뉘어 후다닥 대문을 열고 전부 집안으로 사라진다. 청년들을 바라보며 그들이 하는 소리에 귀를 기울이던 괭이갈매기 한 마리가 그들이 흩어진 흰여울길 담장 위에 내려앉는다. 갈매기는 바다 쪽으로 모가지를 길게 뽑고 무슨 소리든 보태려다, 집 안의 그들처럼 바깥에서 소르르 꿈속으로 빠져든다.

> " "
>
> 난 우리 섬의 툴라팔레가 되는 게 꿈이니까,
> 이쯤은 알아야 무지개전사의 희망을 후세까지 널리 전할 수 있답니다.
>
> " "

흰여울길

가로지르며 허물며

김씨에게 오늘은 특별하다. 그는 자갈치 공동 어시장 관리 일을 일찌감치 마무리하고, 길 건너 '광복 사우나'를 찾아가서 때를 뺀다. 폼 잡고 앉아서 더운 김에 축 처진 남근을 손가락으로 툭툭 치며 위로한다.

"아름다운 오늘 밤을 위해 지금은 좀 죽어있는 게 예의 맞다, 임마."

해말끔해진 모습으로 김씨는 사우나에서 나오자마자 세탁소에 맡겼던 감색 양복을 찾아 입고 물색 넥타이를 각 살아나게 맨다. 그 다음에 그는 스마트폰으로 광복동에 빵이 맛난 가게를 검색한다.

지척에 두고도 난생 처음 찾아간 '비엔씨'에서 김씨는 젤로 고급스러워 보이는 놈으로 케이크를 하나 골라 산다. 비싸다. 그래도 한울식당 누님이 하늘의 명령을 알게 되는 지천명에 불을 밝힐 건데 이 정도는 되어야지 하고 중얼거린다.

한껏 꾸민 제 스타일이 무너지지 않게끔 김씨는 색시걸음으로 횡단보도를 건너 자갈치로 들어선다. 공동 어시장 사람들이 김씨를 쳐다보고 한 소리씩 한다.

"김씨, 오늘 저녁에 선보러 가요?"

"오, 형님, 간지 작살입니다!"

"아이고, 김씨도 저래 차려입으니까 꽃미남이네."

그러나 일없다. 김씨는 케이크 상자가 기울어지지 않는 데만 신경을 바짝 곤두세운 채 여전히 색시걸음으로 맞은편 한울식당 앞에 닿아서야 척 멈춰 선다.

'얼라리?'

식당에서 생선 굽는 냄새가 새어나오지 않는다. 유리문을 밀어도 꼼짝 안한다.

'영도댁은 쉼이 필요해요.'

문에 붙은 종이에 쓰여있는 글 스타일을 보아하니, 영선이가 적어서 붙인 듯하다. 아침에 연신 허리를 두드리던 영도댁 모습을 김씨는 떠올린다. '아니, 누님이 얼마만큼이나 아픈 게야…….' 그는 덜컥 걱정된다.

한달음에 영도댁이 살고 있는 흰여울길로 달려가고 싶다. 그 길은 뭍이 아닌 섬 쪽에 있다. 여기서 영도다리를 건너야

비로소 다다를 수 있는 길이다.

음……. 다리라고 하는 것을 떠올리자 김씨 양 손바닥에 땀이 차오르기 시작한다.

돌아오지 않는 다리 때문이다. 그 다리야 김씨 생에 실제로는 본 적도 없는 다리다. 그러나 아버지가 건너갔다 돌아오지 않는다는 이유로 김씨 삶은 그놈의 다리 때문에 반평생 파란만장해야 했다. 영도댁 있는 길로 다리 건널 엄두를 내지 못하는 것도, 다 그 겪지 않은 돌아오지 않는 다리 때문이다. 김씨는 주먹을 쥔다.

'내 인생에 이놈의 우라질 다리부터 허물어야겠다.'

어둑살이 짙어지자 김씨는 자갈치에 새로 지어올린 회 센터를 등지고, 천막가게가 늘어서있는 옛 시장 길로 들어선다.

"오이소!"

"보이소!"

"사이소!"

호객하는 아지매들 속에서 꼼장어집 '순덕이네' 할매가 그의 팔을 붙잡는다.

"아, 이래 쫙 빼입고 오데 가노, 김씨?"

"음……, 그러니까 그것이……. 아, 내사 막 순덕이네 오는 길이요."

아무렇게나 대답하고 김씨는 순덕이네로 쑥 들어가 연탄
불 앞에 앉는다. 들고 있던 케이크상자는 천막가게 간이선
반 위에 맡긴다.

"아따, 참말로 그랬는가! 혼자서?"

"예, 혼자요. 저녁 삼게 일 인분만 주소. 할매, 막걸리도
있지요?"

"암만, 있다마다."

천막 같은 순덕이네 가게에 앉아서 손바닥만 한 비닐 창을
통해 김씨는 자갈치 선착장을 내다본다. 폐타이어를 주렁주
렁 달고 묶여있는 어선 몇 척이 심심해 보인다. 그것들은 자
잘한 파도에 몸을 맡기고 서로 밀치는 중이다. 갯내 짙게 피
어오르는 저 선착장은 김씨와 영주가 마주서서 수차례 실랑
이한 곳이다.

너거 아버지 이영도 씨는 죽었다.

아저씨가 어째 그래 잘 압니까?

이십 년이 다 되도록 소식 한 자락 없으니까. 그런 사람이
내한테도 있다. 삼십 년이 넘도록 나한테 그래 한 사람이, 바
로 나의 아버지다.

……

200

영주야, 내 자갈치에 공동 어시장 관리하는 법을 너한테 배워주고 싶다. 니 평생 배 곯을 걱정 없다. 해양고등학교 졸업하는 대로 자갈치에서 내 믿고 같이 일하자.

싫습니다.

어째서 싫노?

어려서 벌써 늙기가 싫어섭니다.

그게 무슨 소리고?

법도 어기고 윤리도 동댕이쳐서 차리는 잇속 같은 것에 관심이 없습니다.

이놈이 어린 줄 알았더니 다 컸네. 그런데 확실히 니는 좀 더 커야 쓰겠다. 법도 어기고 윤리도 동댕이쳐야 밥 잘 벌어 먹고 사는 게 이 세상이다.

…….

영주야, 곱디고운 너거 엄마 고생도 쫌 그만 시키자. 니는 내 밑에서 일 배우고, 너거 엄마는 내가 먹여 살리고. 우리 그라자.

싫습니다.

알아듣게 이야기해도 니 어째서 싫노?

법도 어기고 윤리도 동댕이치며 사는 사람한텐 우리 어머니가 아깝습니다.

이놈의 자식이!

매번 그런 식이었다. 대화는 그 이상 이어지지 못했고, 영주는 김씨로부터 돌아서서 선착장 공용 화장실을 지나 옛 시장 골목으로 달아났다.

김씨가 애가 타 허겁지겁 영주를 쫓았다. 영주도 김씨도 쏜살같이 이곳 순덕이네 앞을 지나쳐 건어물 도매시장 길로 접어들면, 숨이 턱에 닿았다.

니 거기 안 설래? 영주야아!

꼬리에 대고 소리쳐도 까까머리 영주는 영도다리가 보일 때까지 질풍노도의 달음박질을 멈추지 않았다. 돌아오지 않는 다리 저쪽으로 김씨의 아버지는 오래 전에 사라져버렸다. 그는 제 인생에 아무한테도 아버지란 존재는 되지 않으리라, 씨근덕거리며 나이를 먹어왔다.

그런데 영주한테만큼은 퍽 괜찮은 아버지가 되어보고 싶었다. 그런 심정이 드는 젤 큰 이유야 영도댁 때문이었다. 누가 영도댁을 향한 김씨 마음을 두고서 진심인지 어떤지 물어오면, 제 진심을 구체적으로 증명해보일 길은 없었다. 다만 그녀처럼…… 돌아오지 않는 서방을 기다리며 날마다 신작로에 나가 서있던 한 여인이 김씨 생에 진작 있었다.

기다리고 기다리던 그 여인은 결국 어느 새벽에 그 길에서 뺑소니차에 치어 비명에 가버렸고, 김씨는 졸지에 고아가 되었다. 영도댁을 바라보며 그가 어머니라 불렀던 한 여인을 떠올리고 있다는 것에 대하여, 김씨 자신도 잘 알지 못하였다.

달아나는 영주가 무단횡단까지 해서 마침내 폴짝 영도다리 위로 올라서면, 김씨의 달음박질은 불현 멈췄다. 닭 쫓던 개 지붕만 쳐다보는 꼴이었다. 그의 눈앞을 가로막고 서있는 다리는 돌아오지 않는 그것이 아니라 영도다리인데……, 김씨는 그 다리를 건널 엄두를 내지 못했다.

오랜 세월 자갈치에 뿌리 내리고 살았으면서 영도다리를 한 번도 건넌 적이 김씨는 없었다. 그러니까 뭍에서 영도로 가본 적도 없는 그가, 영도다리 건너 흰여울길에 살고 있는 영도댁을 똥줄 타게 사모해온 것이다.

이건 뭔가 앞뒤좌우가 맞지 않다는 생각을 스스로 줄기차게 해왔지만, 바로 눈앞에서 영도다리 저편으로 사라지는 영주를 김씨는 번번이 그냥 보낼 수밖에 없었다. 얼마만큼이나 진심으로 영도댁 아들 영주를 제 아들 삼고 싶은 건지 회의가 들 정도로, 그에게 다리를 넘어서는 용기는 당최 나질 않았다.

연탄불에 잘 익은 꼼장어에서 단내가 나기 시작한다. 순덕이네 할매가 더 타지 않도록 불 위에 은박지로 만든 그릇을 올리고, 먹다 남은 꼼장어를 그 속으로 옮겨준다.

"허물어야겠다!"

"아이쿠, 깜짝이야. 김씨요, 무엇을?"

저도 모르게 김씨가 외치듯 입 밖으로 내뱉는 소리를 듣고, 할매가 놀라 반문한다.

"순덕이네 할매요, 내가 스스로 평생 지은 다리를 가로지르며 허물랍니다."

"거 무슨 다린지 몰라도, 영도다리는 허물어지는 대신에 다시 하늘로 올리고 있지 않수. 허물든지 들어 올리든지, 길을 열려면은 무슨 결단이든지 간에 필요한 것이요."

김씨는 순덕이네 할매의 굽은 등과 느린 걸음까지 예뻐 보인다. 그 덕담 같은 말씀에 불끈 용기가 난다.

자정이 훌쩍 지나서야 맡겼던 케이크 상자를 찾아들고 김씨는 순덕이네를 나선다. 옛 시장길 끝에 서서 얼굴도 모르는 이영도와 얼굴도 기억나지 않는 제 아비를 한 번 떠올리고, 그가 짐 없는 한쪽 팔을 휘저으며 걷기 시작한다.

눈앞에 영도다리가 시작되는 지점에 김씨가 다다른다. 갓길에 한쪽 발을 올려놓고 그는 밤바다를 향해 불러본다.

누님요! 따뜻한 불빛이 새어나오는 배 몇 척 외에 바다는 고요하다.

어무이요! 봉래산에서 밤바다로 치닫던 바람이 김씨 뒤통수를 어루만지고 간다.

아부지요! 으흐흑……

그가 가슴에 담아두고 사는 사람들을 차례차례 다 부르고 나니, 몸이 가벼워지고 정신은 맑아진다.

마침내 김씨가 양쪽 발로 영도다리를 밟는다. 천천히 뭍과 섬을 가로지르며, 그는 돌아오지 않는 다리가 흔들리는 것을 느낀다. 그 다리가 조금씩 바닷바람에 시멘트가루를 날리며 허물어지는 것을 보고…… 듣고…… 한다.

그의 두 눈에서 흘러내리는 짠물이야 먼 바다에서부터 달려온 바람이 말리며 거두어가는 중이다.

오늘도 흰여울길에 어느 집 대문은 새날 해돋이와 거의 같은 시각에 열린다. '이영도'라는 문패가 붙어있는 오래된 시멘트집이다.

집 안에는 이영도의 장녀 영선이와 장남 영주가 각각 제 방에서 잠자고 있고, 그들의 방과 크기가 별반 다르지 않은 좁은 거실에 한국계 사모아인 아이가 석이 잠들어있다. 그는 영도가 사모아 섬에서 형이라 부르며 지냈던 석씨의 아들이니, 영선이와 영주에게 형제와 같은 사람일 수 있다.

셋의 곤한 잠을 깨우지 않게끔 영도댁은 조용히 문을 열고, 기다란 마당 같은 흰여울길로 내려선다. 그녀는 빨랫줄에 널려 간밤을 지새우느라 퇴색한 노란 수건을 어제아침처럼 오늘 아침에도 새것으로 바꿔 널 요량이다.

어젯밤 석이 말했듯 남태평양 사모아에서 영도댁한테로 오래전에 믿을 수 없는 비보가 닿았던 적이 있다. 그것을 못 본 척 흰여울길을 살아낸 세월이 얼마인가. 사실을 확인하려 들지 않고 그녀는 편지를 찢어버림으로써 영도를 제 가슴 속에 시퍼렇게 살려두는 편을 택했다.

순전히 영도댁의 자유의지였다. 덕분에 그녀는 영선이 영주 남매의 어미로서의 삶을 책임감 있게 살아낼 수 있었다. 그러니까 먼 바다에서 또 다른 자식 같은 사람이 흰여울길에 닿아 같은 소릴 늘어놓았어도, 그녀 속에 시퍼렇게 살아있는 영도가 갑자기 죽을 리 만무하다.

그는 푸른 바다에 마도로스로, 금순이의 첫사랑으로, 영선이와 영주 아버지로, 날마다 영도다리를 영도댁과 함께 건너 다니는 영영 살아있는 사람인 것이다. 아무리 불러도 부족하고 끝까지 기다려도 하나 억울치 않은 사람이다.

어제 아침과 달라진 것은 아무것도 없다고 중얼거리며, 영도댁은 들고 나온 노란 수건을 펼쳐서 탁탁 턴다. 그리고 빨랫줄 아래 서서 두 팔을 높이 든다. 그녀는 장승같이 문 앞을 지키고 서있는 저쪽 빨래 장대 곁에 웬 사내가 우두커니 서있는 것을 본다.

영도댁이 그쪽을 한참 응시하다 비명 지르듯 사내를 부른다.

"거기 김씨요?"

천천히 영도댁을 향해 다가오는 그 사내의 낯빛은 그만 걷어야하는 수건 색깔처럼 바래져 있다.

"아니, 김씨가 맞네! 김씨가 새벽부터 흰여울길엔 우짠 일로……."

영도댁이 캐묻다 그만 입을 다문다. 어제 김씨의 간절한 당부를 외면하고 그녀가 일찌감치 식당 문을 닫아버렸기 때문이라 짐작한다. 그런데 웬일로 그가 양복을 빼입고 케이크상자를 손에 들고 서있다.

"누님요."

김씨가 떨리는 목소리로 간신히 영도댁을 부른다.

"그래요, 김씨……. 다리만 보면 후들거린다는 김씨가, 영도다리를 건너서 오늘벽두에 흰여울길까지 온 거에요?"

"그렇다니까요. 내 마음이야 날마다 영도다리 건너 흰여 울길에 있다 했잖아요. 누님요, 인자는 내 마음을 믿어 줄라요? 다리라면 아주 징그러운 내가…… 돌아오지 않는 다리를 밤새 허물면서…… 누님한테로 한 걸음 한 걸음…… 그러나 마침내 요래 닿질 않았능교!"

"아아, 김씨……."

언제부턴가 김씨는 영도댁 가까이 머무는 사람이 되어있었다.

아따, 누님요! 아침부터 넋 놓고 내 생각 합니까? 그는 아침마다 한울식당에 들어 슬그머니 영도댁 손목을 잡았다. 그녀가 슬그머니 손을 빼며, 김씨도 참 아침부터 흰소리 한다 해도 물러서지 않았다.

요조숙녀 같아 더 이쁜 우리 누님요, 오늘도 내가 챙겨놓은 조기 상자가 곧 한울식당으로 들어올 겁니다요.

그런 김씨 덕분에 느닷 한울식당의 새 주인이 되어버린 영도댁은 더는 새벽바람 맞으면서 자갈치에 닿지 않아도 되었다.

그날그날 장사에 써야할 생선구이감은 김씨가 공동 어시장 새벽 흥정 자리에서 다 알아서 챙겼다. 그는 죽어가는 놈들 가운데선 최고로 신선한 고기를 확보해뒀다가, 영도댁이 영선이와 영주 아침밥 해먹이고 학교에 보내고 난 후 여유 있게 자갈치에 닿으면, 한울식당으로 그놈들을 아이스박스에 모시고 날라 왔다.

세월이 흘러도 한결같은 김씨 태도야 고맙기가 이루 말로 다 할 수 없었지만, 하나 부담스러운 게 있었다. 그가 언제부턴가 영도댁과 살림을 합치고 싶어 했기 때문이다.

안 될 소리였다. 아이들 아부지 이영도가 시퍼렇게 살아 있을지 모르요.

영도댁이 그리 거절하면 김씨가 발끈했다.

이영도가 무소식한 세월이 얼만데, 누님 자꾸 이래 억지를 부릴 거요?

그 반박에 영도댁은 더러 말문이 막혔으나, 영주가 또 김씨를 지독히 싫어했다. 김씨가 아무리 달래고 좋은 것을 사다줘도 영주는 자라는 대로 김씨를 더욱 무시하고 줄기차게 피해 다녔다.

그렇다 하더라도 김씨 도움 없이 아이 둘을 키우면서 한울식당 꾸리기가 영도댁은 점점 겁이 났다. 김씨는 퇴근도 한울식당으로 했다. 저녁 늦은 시각까지 한울식당 한구석에 죽치고 앉아 막걸리를 홀짝이다가, 영도댁을 희롱하는 취객이 있으면 김씨가 다 쫓아냈다.

아이고, 번번이…….

하하하, 그래 말입니다요. 번번이 인사하는 것도 번거롭고 그 인사를 내가 날마다 듣기도 성가신데, 내가 마 누님 서방자리에 딱 들어앉으면, 가족끼리는 그런 인사가 필요 없다 아인교?

날것이 내는 비린내보다 더 짙은 사내 냄새를 풍기는 김씨를 밀어내며, 영도댁은 아침마다 진저리를 쳤다. 그러나 어느 새벽에 영도댁 속살 맛을 보고나서부터 그는 그녀의 서방으로 살고자 작정한 사람 같았다.

눈 딱 감고 영도댁은 가끔 김씨와 한울식당 쪽방에서 뒹굴었다. 누구라도 홀에 들어 부르는 소리에 놀라 화다닥 달려나가기 전까진, 제 몸을 더듬고 헤치는 손이고 뭣이고 전부 영도의 것이라 상상했다.

그의 기억 속에 버티고 서있던 돌아오지 않는 다리를 힘겹게 허물며 한 걸음 한 걸음 흰여울길로 온 손님이다. 이 귀한 손님을 이처럼 바깥에 세워둬선 안 된다고 생각하면서도, 영도댁은 빨랫줄에 널지 못한 노란 수건을 꽉 잡아 쥐고선 어쩔 줄 몰라 하는 중이다.

아침 햇살을 받아 더 눈부시게 하얀 날개를 접으며 갈매기떼가 하나 둘 흰여울길 담장위로 내려앉는다. 영도댁을 쳐다보고 고개를 까닥이며 평소보다 유난스레 더 떠든다. 새우깡을 달라 떼쓰는 건지, 요 못 보던 사내가 대체 누구냐고 묻는 건지. 기를 쓰고 갈매기 떼 떠드는 소리를 분간하려 해도, 웬일인지 그녀는 정신이 하나도 없는 아침이다.

"어머니! 김씨 아저씨를 거기 서계시게 하지 말고 안으로 들어오시라 해요."

"아, 영주야. 너 벌써 일어났느냐?"

"갈매기 떼 떠드는 소리에 누나도 석도 다 일어나있어요. 저야……, 어머니가 또 내 새우깡을 갈매기한테 다 줘버릴까 걱정이 되어서 일어났지요……. 하하하."

영주는 재빨리 말하고 곧바로 돌아선다. 제 눈치를 보며 서 있는 김씨가 행여 집 안으로 들어오기 불편할까봐, 그의 눈에 보이지 않게끔 얼른 제가 먼저 들어가는 것이다.

"영주야!"

김씨가 큰 소리로 그를 부른다.

"영주야, 오늘이 너거 엄마 생일이다. 니 알고 있었나?"

그 소리에 놀라 되돌아선 영주의 낯빛이 어두워진다.

"아……!"

김씨의 생뚱맞은 소리에 영도댁도 당황한다.

"생일은 무신, 내가 그런 걸 언제부터 챙기며 살았다

고⋯⋯."

"생일도 그냥 생일이 아니라 지천명에 드는 날인데? 누님, 그냥 넘겨선 안 돼요. 영주야, 아저씨가 케이크 사왔다. 아나! 들고 드가서 촛불 밝혀라."

김씨는 영주한테 케이크 상자만 얼른 건네주고 돌아설 요량이다. 지난해에 제 눈앞에서 풍덩 바다로 뛰어들었던 영주와 마주하기가 여전히 그는 민망하다.

내가 공동 어시장 관리하는 일을 가르쳐주겠다는 데도 싫다? 그러면 영주 네가 하고 싶은 일이 뭔데? 김씨가 끓어오르는 부아를 눌러 참으며 물었다.

아무 일도 하고 싶지 않습니다.

뭐라? 급기야 김씨 언성이 높아졌다. 내 눈에 너는 해양고등학교를 졸업하고 빈둥거릴 뿐, 지금도 아무 일을 하고 있지 않다!

그러자 영주가 고개 들어 김씨를 노려보며 지지 않고 대꾸했다. 더요! 더더욱 아무 일도 하고 싶지 않다고요! 적어도 이 자갈치 바닥에선.

제 자식 같으면 귀싸대기를 갈기고 싶었다. 그러나 김씨는 살림 합치고 싶은 영도댁을 떠올리며, 올렸던 손을 거두었다. 대신 침을 튀기며 영주에게로 막말을 퍼부었다.

이 바닥이 어때서, 이놈아! 매립하기 전엔 거친 파도에 자갈돌 굴러다녔던 자갈치 역사를 네가 알기나 하냐? 짠물에 쓸리고 닳아온 자갈돌 같은 내나, 너거 엄마나, 우리는 자갈치의 자식들이다. 이놈의 자식아!

거기까지 퍼부은 것으론 김씨 성에 안 찼다.

대관절 너는 어느 구멍에서 났기에 이 바닥 삶을 거부하는 거고? 내가 알기론 네가 나온 그 구멍도 별 수 없이 이 바닥에 뿌리박고 밥 벌어먹으면서 살았었다. 서방은 진작 물에 잃고, 남의 구멍에서 난 자식 놈을 벙어리 냉가슴 앓으며 제 새끼인 양 품고 키운 너거 엄마가 불쌍하지도 않냐, 너는?

자갈돌 삶과 남의 구멍을 운운하다 퍼뜩 정신이 돌아온 사람처럼 김씨가 얼른 제 손으로 제 입을 틀어막았으나, 눈앞에 서있는 영주 얼굴은 이미 새파랬다.

뭐라고요……, 지금 나한테 한 소리가 전부 사실입니까……. 그렇게 묻는 영주의 목소리만큼 입술도 떨리고 있었다.

김씨는 마른 침을 한 번 삼켰다. 기왕지사 뱉은 소리다. 그는 영주한테로 다가섰다. 영주의 한 쪽 어깨에 손을 올리고 달래기 시작했다. 그래, 내가 화가 나서 소리를 질러 미안하다. 하지만 이제 영주 네가 어린 애도 아니고, 언젠가는 알게 될 과거지사니까 내가 아는 대로 다 이야기 하마……

이 바닥에서 십오 년 넘게 산 사람이라면 영도댁의 눈물 나는 사연을 죄다 알지. 한울식당에 원래 주인 제주댁이 네 생모였다. 네 아버지 이영도하고 딱 하룻밤 인연으로 네가 세상에 태어났지. 제주댁이 몸이 아파 죽으면서 한울식당과 너를 영도댁한테 맡겼다…….

이것은 영선이하고 너만 모르고 있는 사실이다. 네 엄마가 영선이보다 네게 얼마만큼이나 끔찍한지……, 그런 영도댁 인생이 하 가여워서 전부 없었던 일처럼 쉬쉬하며 지내온 게 야. 어, 어, 어, 영주야? 안 돼, 안 된다. 어, 영주야!

주저리 너저리 이어가던 김씨의 말은 거기서 그쳐야할 수 밖에 없었다. 영주가 눈앞에서 순식간에 사라졌다. 그가 풍덩 뛰어든 바다 자리에 물거품만 부글댔다.

선착장이 끼고 있는 짠물은 탁하고 비렸다. 웬만한 배가 나가고 들어오는 곳이니, 수심이야 가늠할 수 없었다. 생각하고 판단할 겨를도 없이 김씨도 영주를 좇아 바다로 뛰어 들었다. 뱃전에 앉아 졸던 갈매기 떼가 놀라 화다닥 날아오르며 울었다.

정박해있던 뱃사람 하나가 그 광경을 목격하고 해양구조

대에 연락했다. 김씨 머리가 수면 위로 올라왔을 때, 선착장으로 몰려든 자갈치 사람들은 가슴을 쓸어내렸다. 김씨는 영주머리카락을 움켜잡고 필사적으로 헤엄쳤다.

지척에서 배로 달려온 구조대원들이 냉큼 둘을 건져냈을 때, 영주는 눈을 감고 있었다. 혼탁한 물을 한 바가지쯤 게워내는 동시에 눈을 뜬 영주는 곧 다시 축 늘어졌다. 구조대가 인근 병원으로 이동하는 사이, 김씨는 한울식당 영도댁에게로 연락을 넣었다.

돌아왔다 부산항에 그리운 내 형제여

낡은 노랫말 소리가 영도다리 쪽에서 구성지게 울려 퍼지는 중이었다. 그날의 그 시간에도 영선이는 다리 밑에서 다중과 더불어 축제를 짓고 있는 중이었다.

흰여울길은 김씨에게 다리 건너 저 먼 곳이며, 사랑이 있고 자유가 있는 아득한 세계였을 터이다. 얼마만큼 간절한 공간이면서도 마음 얻고 싶은 까까머리를 쫓아서 자갈치 끝까지 달음박질치다가, 영도다리 앞에만 서면 닭 쫓던 개 지붕 쳐다보듯이 서 있던 사람이 어제의 김씨였다.

오늘 다리를 허물며 섬과 뭍의 경계를 가로질러온 김씨

가 영주의 눈과 마음속에 처음으로 꽉 들어찬다. 뭍의 자갈
치에서건 섬의 흰여울길에서건, 그의 삶은 참으로 자유로
워 보인다.

김씨는 늘 자기 삶을 인정하고 세상 사람들과 연결되는 편
을 택해온 사람이다. 누구라도 왈가왈부 그의 삶에 대하여
판단 할 권리란 없는 것일지 모른다.

집 안에서 물끄러미 김씨를 응시하며 서있다, 영주는 신발
을 찾아 신고 마당 같은 흰여울길로 내려선다. 그는 김씨가
내주는 케이크 상자를 공손히 받아서 한 손에 들고, 다른 손
으로 김씨 등을 떠밀며 말한다.

"들어가세요, 아저씨. 집안에 형제 같은 손님도 와있으니
까 우리 다 같이 아침밥 먹어요. 어머니, 괜찮지요?"

흰여울길에 여전히 노란 수건을 펼쳐들고 엉거주춤 서서
김씨와 영주를 번갈아 보던 영도댁이 천천히 고개를 끄덕인
다.

"그럼, 그럼……. 괜찮다마다……."

김씨가 못이기는 척 영주와 함께 집안으로 들어가자, 담장
위에 내려앉아 떠들던 갈매기 떼도 그만 날아올라 영도바다
위로 포물선을 그리며 난다. 한 마리만 제 자리에 남아있다.

"너는 배가 고픈 게냐. 빨랫줄에 이것 널고, 새우깡을 좀

216

줄게."

영도댁이 그리 중얼거리며 다시 수건을 탁탁 털고 두 팔을 공중에 뻗는다. 담장 위를 지키며 앉았던 괭이갈매기 한 마리가 날개를 펼치는가 싶더니 곡예 하듯 빨랫줄을 탄다.

"하, 참. 재주도 좋다. 수건 널게 좀 비켜다오."

영도댁이 새를 향해 미소 지으며 그리 요청해도 갈매기는 못 알아듣는지, 빨랫줄에 수건이 널리는 자리를 게걸음으로 옮겨 다닐 뿐 날아오르지 않는다.

공중에서 하얀새와 실랑이질하듯 제 자리를 찾아 헤매던 노란 수건이 흰여울 길바닥으로 그만 떨어진다.

"아……."

영도댁이 얼른 허리 숙여 수건을 집어 들고 뭣이라도 묻었는지 살피고 섰다. 집 안에서 목소리들이 내다보며 그녀를 채근한다.

"어머니! 아침식사 하셔야지요."

"누님요! 퍼뜩 들와서 생일상 받아요!"

그녀는 고개 들어 빨랫줄에 버티고 있는 괭이갈매기를 바라보다, 다시 엷게 미소 지으며 중얼거린다.

"알았다……. 내 다 알았다……."

영도댁은 마지막으로 노란 수건을 탁탁 털고, 가로로 한 번

세로로 두 번 그것을 두 손으로 곱게 접어 가슴팍에 안아든다. 빨랫줄 위에서 곡예를 하던 괭이갈매기가 푸덕 담장 위로 자리를 옮기고, 그녀를 바라보며 고개를 까닥인다.

집 앞에 장승같이 서있는 장대와 장대를 서로 손잡게 하는 빨랫줄이 홀가분해 보인다. 담장 너머 영도바다로 아침 햇살이 폭포수처럼 쏟아지는 중이다. 바람이 내닫는 대로 이리로 또 저리로, 파도는 먼 바다까지 자유롭다.

영도댁은 호주머니 속에서 새우깡을 꺼내 담장 위에 홀로 앉아있는 갈매기한테 물려주며 말도 건넨다.

"아나. 오늘이 내 지천명에 드는 날이란다. 많이 묵어라."

영도댁 생일상 앞에 앉아 영주가 선택한 해군 입대 소식을 듣자마자 그를 향해 김씨가 엄지손가락을 세워 보인다.

"야, 영주야. 이 아저씨는 영도다리를 건너오면서야 진심만 있다면 좀 무모해도 괜찮지 않을까 하는 생각을 했단다. 너는 진짜 멋진 사내다. 큰 바다를 자유로이 누비는 마도로스 아들답다!"

"저…… 아저씨, 제가 없는 동안에 우리 어머니 잘 좀 지켜주세요."

영주가 그렇게 말하자마자 김씨 눈동자가 풍랑에 배처럼 흔들린다. 목구멍으로 꿀꺽 짠물이 넘어간다.

"녀석…… 아저씨가 너거 엄마하고 누나도 지키고 흰여 울길로 닿는 영도다리도 지키고 전부 다 잘 지키고 있을 테 니까, 너는 아무 걱정하지 말고 바다만 잘 배우고 또 지키 면 된다."

목멘 소리로 겨우 대답하고 나서, 그는 영도댁을 향해 떨 리는 목소리로 덧붙인다.

"누님요, 쪼매 미안한데…… 오늘이 누님 생일이 아니라 꼭 내가 지천명에 드는 날 같아요. 살다 살다 내 이렇게 살맛 나는 날이 세상에 또 더 있을까 싶네요."

흰여울길

보이지 않은 이야기

　영도(影島) 봉래산(蓬萊山) 꼭대기에는 돌덩이 같은 침묵으로 살아있는 할매가 있다. 자식욕심이 하 많아, 누구라도 할매 눈에 보이지 않으면 당장 걱정하고 노여워한단다. 섬에 사는 사람 전부를 아무래도 할매의 새끼처럼 여기는 것 같다.

　어머니 같은 할매를 위해 자식 같은 섬사람들이 봉래산비탈에 산제당(山祭堂)을 짓고 아씨당도 지어서 바지런히 치성을 드려왔지만, 봉래산 할매는 거기에만 머무르지 않는다.

　정갈히 쪽진 머리에 흰색저고리 검정치마 차림으로, 할매는 해풍에 몸을 싣거나 바람 없는 날엔 직접 발품을 팔아가며 섬의 구석구석에 현현(顯現)한다.

　봉래산 할매 눈에 보이는 것에 대하여, 사람의 입과 손을 빌어서라도 뭐든지 참견한다. 할매가 그리 할 수 없는 것은 할매 눈에조차 보이지 않는 것뿐이다.

세상에는 보이지 않고 잡히지 않는 것도 명백히 존재한다. 그러므로 말할 수 없는 것에 대하여서는 침묵해야 한다는 유명한 설도 있다.

그러나 사람의 말을 할 줄 모르는 나는 침묵하지 않는 편을 택할 수 있다.

이 갈매기 저 갈매기에 관심이 많은 사람이라면 아버지나 나와 같은 새를 꼭 '괭이갈매기'라 칭한다. 천성적으로 낯가림 같은 것이 없어, 해변을 거닐며 사람이 주는 것을 곧잘 받아먹고 다른 새 비둘기하고 나눠먹을 줄도 안다.

그러나 괭이갈매기 조상 중에는 한계에 얽매이지 않고 완전한 존재가 되려 한 무리도 있다. 가장 높이 날아오른 새가 가장 멀리 본다고 울었다, 아니(아버지 표현대로라면) 이야기했다.

내가 소리를 내면 사람들은 '갈매기가 운다'고 표현하지만, 실은 '우는 게 아니라 이야기 한다'는 것을 어리석은 사람이라 모르는 거다. 그 사실을 아버지갈매기는 죽을 때까지 안타까워하며, 이야기를 아끼지 않았다.

아들아, 태초에 이야기가 있었단다…….

간절히 사람의 말을 배우고 싶어 했던 아버지갈매기는, 무리 중의 법칙의 경계선을 이탈했다는 죄목으로 괭이갈매기

떼로부터 진작 추방당했다. 때문인지 덕분인지 나는 사람 사는 흰여울길에서 알을 깨고 나와, 생선냄새만큼 사람냄새 짙은 영도바다에서 자랐다. 그러므로 괭이갈매기보다는 부산갈매기라 불리는 것에 더 익숙하다.

아버지갈매기를 자주 볼 순 없었다. 사람의 말을 배울 수 있을 법한 이를 발견하면, 한 해고 두 해고 아버지갈매기는 먼 바다까지 그 사람을 따라다녔기 때문이다. 외항선 마스트 꼭대기에 앉았다가 낯선 물고기를 사냥해 먹고 태풍과 맞서면서, 아버지갈매기는 멀리 남태평양까지 높이 날았다.

일 년 반 만에야 깃털이 빠지고 날개 뼈가 부러진 모습으로 흰여울길에 돌아온 아버지갈매기는 나에게 이야기만 남기고 곧 숨이 끊어졌다.

아들아, 누구나 목격자는 될 수 있다……, 그러나 누구나 증언자는 될 수 없다.

남태평양에 윌리윌리 예보가 있던 날이었단다. 그러나 이 영도가 탄 배는 사모아 섬에서 영도를 향해 예정대로 출항해야 했다. 태풍은 매우 약한 상태라 큰 탈 없이 피해갈 수 있을 거라는 소식을 굳게 믿고, 만약에 진로가 바뀐다면 잘 피항(避港)하는 수밖에 없었다.

다행히 바다는 뭉게구름 속에서 신의 광채 같은 아침 햇살

한 줄기를 쏟아내고 있었다. 저것보다 더 빛나고 따사로운 금순이의 젖가슴을 향해 가고 있다는 생각으로, 뱃전에 기대 서서 영도는 가슴이 뭉클했다.

그와 꼭 같은 심정인지, 뱃사람 중에 누군가 휘파람을 불었다. 배 위에서 휘파람 불기란 생선을 뒤집어먹는 것과 함께 엄격한 금기사항이었다. 누군가 그것을 깜박 잊을 만치 오랫동안 떠나온 사람과 공간을 그리워해온 탓이었다.

시방 어느 놈이 고요한 바다에 싹쓸바람을 부르고 자빠졌는가? 늙은 갑판장이 욕설을 섞어 고래소릴 질렀다. 그는 갑판 여기저기에 들어박혀있는 기계톱니마다 부지런히 기름을 주다가 엄지손가락을 날려버린 사람이다. 그날 이후 갑판장은 날 선 망치로 썩은 철판을 두드리듯 세상 사람을 향해 폭언을 휘둘러 왔다.

그런데 정말로 누군가의 휘파람 때문일까, 남실바람이 건들바람으로 바뀌기 시작했다. 바다는 순식간에 낯을 바꿨다. 구름이 해를 가리고 파도가 뱃길을 막았다. 바다에 잔물결이 아니라 백파가 일기 시작했다.

레이더는 정신없이 혼잡했고 기온은 급속히 추락했다. 방향을 종잡을 수 없는 왕바람이 창문을 줄기차게 두드렸다. 높은 파도가 선수를 때리며 허공에 하얀 물보라로 퍼졌다.

거대한 물뱀의 혓바닥 같은 파도는 갑판까지 날름거리다가 삼켰다 뱉었다 했다.

낡은 배는 물이랑에 치솟고 물고랑에 처박혔다. 널을 뛰는 대로 선실 여기저기서 삐걱삐걱 기분 나쁜 소리가 났다. 그러나 망망대해에 정해진 항로라 하는 것이, 원래는 없던 것이 아니었던가! 뱃사람들은 마른 침을 삼키면서도 침착하고 용감하게 피항의 기술을 발휘했다.

신이 보살피기라도 하는 듯, 바람은 점차 수그러들기 시작했다. 눈앞에 깔때기모양을 한 구름기둥이 보이는가 싶더니 이번엔 손가락 굵기의 빗줄기가 게릴라 총알처럼 배를 갈겼다. 그러나 잠시였을 뿐, 강풍과 폭우가 기적처럼 멎으며 불쑥 고요가 찾아들었다.

윌리윌리의 영향권에서 무사히 벗어난 걸까.

주낙이 엉망으로 뒤엉켜 있는 갑판 위로 뱃사람들이 하나둘 나와 섰다. 숨이 턱 막히도록 무더웠다. 제기랄, 남들은 뭍에서도 잘만 살더만……. 갑판장이 난전에 기대서서 바다로 탁 침을 뱉었다. 물 한 병을 몇이 돌려 마시는 찰나, 발목 붙들린 듯 나아가던 배가 갑자기 멈췄다.

왜 이래? 이건 또 뭐야? 성질 급한 갑판장이 또 고래소릴 내질렀다.

이영도의 얼굴이 흐려졌다. 아무래도 암초에 걸린 것 같은
데……, 지도상으론 분명히 여기는 암초가 있는 데가 아니
라고 봤습니다.

낯빛이 새파래진 선장이 선실 바깥으로 다급히 모습을 드
러냈다.

우리가 지도를 말이야, 옛것을 보면서 여기까지 왔다. 사
모아에서 지도가 바뀌었다고 새로 건네준 것을 일등 항해사
가 술집에 두고 왔다 한다…….

개자식! 죽여 버릴 테다. 갑판장이 흥분하며 발을 굴렀다.
당장 선실로 뛰어 들어가려는 것을 뱃사람 몇이서 이럴 때가
아니라 하며 그를 붙잡았다.

진짜 낭패였다. 그렇다면 사모아로 구조를 요청해야 하
는 겁니까.

그게 가장 현명한 길이다. 통신부는 신속히 움직여!

그런데 가만, 이 상황에 누가 기분 나쁘게 노래를 부르는
거야?

노래라니요?

노래? 그 말대로 정말 습한 공기 속으로 어둡고 암울한 소
리가 퍼지는 중이었다.

우리 중엔 아무도……. 어, 선장님! 이것은 여자의 목소리

같은데요?

뱃사람들은 땀으로 미끄덩거리는 손바닥으로 난전을 붙잡고 늘어서서 바다를 향해 눈을 열고 귀를 기울였다. 과연 여자 목소리가 부르는 노랫소리가 들려왔다.

마스트 꼭대기에 괭이갈매기 한 마리가 앉아 처절히 울고 있었을 뿐, 노래를 부르는 여자 모습이란 어디에도 보이지 않았다.

그러나 어둡고 암울한 곡소리는 끊이지 않았다. 들을수록 서글퍼지고 기운을 빼는 것 같아, 뱃사람들은 넋 놓고 멍하니 바다만 보고 섰다.

마침내 목이 쉬어버린 괭이갈매기가 체념이라도 한 듯 배를 버리고 후덥지근한 허공을 가르며 하늘로 날아올랐다. 그 하늘을 가리기라도 하려는 듯, 수평선에서부터 시퍼런 파도가 산처럼 솟아오르는 것이 뱃사람들 눈에 보였다.

어, 어? 어!

갑자기 바다 전체가 뒤집어져 그들 눈앞으로 닥치는 듯 했다. 그리고 순식간에 낡은 선체는 두 동강이 나버렸다.

암초에 배가 발목이 묶인 곳은 윌리윌리의 눈 속이었다. 그 사실을 마스트 꼭대기에 앉아 뱃사람 눈엔 울고 있는 아버지 갈매기만 오직 알고 있었던 것이다.

태풍이 사모아 근해에서 완전히 사라지고 구조선이 닿을 때까지, 동강난 배에 냉동이 풀린 참치는 바다로 일부 살아나갔고, 뱃사람들은 전부 짠물에 수장되었다는 것이…… 살아 돌아온 아버지갈매기가 들려준 마지막 이야기이다.

영선아! 영선아! 영선아!

그러나 들리지 않는 듯 했다.

네 살배기 여자아이는 고무튜브에 몸을 맡기고 해수욕 금지가 부표로 표시된 제법 먼 바다까지 흘러가기 일쑤였다. 혀를 날름대는 시퍼런 파도가 그 작은 몸뚱이를 사정없이 훑고 갔다.

나는 작은 여자아이가 담긴 바다 위를 날며, 사람의 눈에 아버지갈매기처럼 처절히 울었다. 마침내 구릿빛 피부의 해양구조대원 힘센 손에 달랑 들려, 해안가에서 영선이를 부르다 목이 쉬어버린 영도댁 품에 여자아이는 겨우 안기곤 했다.

그러나 한동안 버둥거리다 기어이 그 품속에서 빠져나와, 영선이는 다시 바다로 뛰어들 틈만 노렸다. 작은 여자아이에게 파도치는 바다란 잔잔한 엄마 품보다 경이로워 매혹적이었던 것일까…….

가난한 아버지 영도가 자유의지로써 마도로스의 도전과 모험을 택한 것이라면 그의 딸 영선이 어린 시절의 고무튜브 항해는, 내 눈에 본능적이고 무의식적인 것으로 보였다. 그녀는 바다로 자주 뛰어들었지만 번번이 패배했다. 그리고 또 번번이 부활했다.

그러한 것을 조그만 계집아이는 유희하며 배워 나가는 듯했다.

어느 날 문득 제 아버지를 앗아간 바다인 줄 꿈에도 모르면서 그 바다로 줄기차게 뛰어드는 어린 아이 위를 날며, 처절히 패배한 지점이 곧 눈부신 부활의 지점이 될 수 있을 거라는 생각도 나는 하게 되었다.

바다는 아버지의 얼굴이었다가 어머니의 얼굴이었다가, 경계를 넘나들며 자연으로 존재한다. 경계를 넘는다고 하는 것은 한계를 초월한다는 것이다. 초월한 존재란 인간에게 자연스레 신이 되어왔다.

먼 데서부터 해풍을 타고 영도 해안가로 닿는 파도 곁에 내려앉으면, 바다를 끼고 모여 살아온 자갈소리가 합창한다. 아버지갈매기의 이야기 너머 나도 유연히 세상을 노래하고 싶다.

영도바다에서 돌고래호의 진수식이 있었던 날에 다리 밑 점쟁이 할배는 배의 운명에 대해 함묵했지만, 나는 아버지 갈매기의 아들이니까 침묵하지 않는 편을 택할 수 있다. 돌고래호의 선주 −선미 아버지− 는 구월의 바다에 예기치 못한 태풍이 잦다는 것을 누구보다 잘 알고 있었다. 하지만 출항해야 했다.

그의 무남독녀가 세상의 왕비 될 운을 타고 났다고 철석같이 믿고 살기 때문이었다. 선미한테 태어날 때부터 금수저를 물려주지 못한 것이 못내 가슴 아파, 형편이야 흙수저 빨며 살아야 하는 순간에도 선미 아버지는 무리를 감행했다. 그는 선미를 다리 건너 등록금 비싼 외국어고등학교엘 다니게 하며, 그녀의 온갖 학원비며 품위유지비를 마련하는 데에 주력했다.

바다로 갑작스레 닥칠지 모를 태풍을 우려하여 아무도 조업에 나서지 않는 시기에, 기어이 출항하고 싶은 선미 아버지는 배를 갖고서도 돌고래호의 출어비(出漁費)가 없어 쩔쩔매고 있었다. 그의 소개로 서남해안까지 조기잡이 나갔다 한몫 크게 벌어서 돌아온 마도로스 천이 격군(格軍)으로 나섰다. 천은 돌고래호의 출어에 필요한 모든 경비와 세금을 선불했고 앞장서 어구를 챙겨들었다.

선미 아버지가 돌아서 눈물이 핑 도는 눈으로 바다를 보고 섰는데, 천이 딱 한 소리만 했다.

니는 순천이고 나는 부산이다. 동서로 고향은 달라도 흰여울길에 우린 친구 아이가.

둘이 얼싸안고 만선의 꿈을 품고서, 나란히 돌고래호에 올랐다. 천을 믿고 따르는 뱃사람 일곱 명도 같이 출어했다. 돌고래호 마스트 꼭대기에 나도 내려앉았다. 그들을 따라서 제주도가 있는 바다까지 고기잡이 갔다.

조업 사흘째 되던 날에 갑자기 강풍이 몰아치고 큰 파도가 일어서더니 돌고래호의 기관실로까지 바닷물이 차오르기 시작했다. 아뜩해지는 정신을 챙기며 힘 모아 미친 듯이 물을 퍼내봤자 아무 소용없었다. 기관실의 침수로 돌고래호는 마침내 침몰할 운명이었다. 마도로스 천이 다급히 외쳤다.

바다로 구명정을 내려라!

뱃사람 일곱 명이 신속히 구명정을 띄우고 피신하기 시작했다. 선미 아버지는 돌고래호 갑판 기둥을 부둥켜안고 꺼이꺼이 울었으나, 마침내 그도 성난 바다에 지푸라기처럼 떠있는 고무보트를 향해 뛰어내릴 수밖에 없었다.

천은?

통신실에서 구조신호를 보내고 있습니다.

뭐라고? 이 사람이 지금 돌고래에 혼자 남아서 뭣 하자는 거야?

짠물 섞인 바람이 송곳처럼 눈구멍을 후벼 파는 통이었지만, 선주는 눈을 부릅뜨고 손나팔을 만들어 격군을 애타게 불렀다.

천! 시간 없다. 처언! 돌고래에서 빨리, 일 초라도 빨리 뛰어내리라고! 곧 배가 침몰한다. 천!

그러나 뱃사람 모두의 눈앞에서 돌고래호가 완전히 사라질 때까지, 통신실을 지키는 마도로스 천의 모습은 보이지 않았다. 풍랑 속을 지푸라기 같이 떠다니는 구명정의 정확한 위치는 산 사람의 구조신호 너머 고인의 유언이 되어버렸다. 비바람을 뚫고 악착같이 접근해오는 거대한 구조선이 어렴풋이 보이기 시작할 무렵에 선미 아버지는 깨달았다.

헛된 욕심에 배도 벗도 다 잃었다. 바다는 뱃사람의 삶을 축복하는 동시에 심판한다. 눈물겹도록 소름끼치도록, 바다는 정직하다.

그는 영도바다로 살아 돌아왔어도 해가 바뀌도록 감옥살이하듯 두문불출했다.

'니는 순천이고 나는 부산이다. 동서로 고향은 달라도 흰여

울길에 우린 친구 아이가.'

마도로스 천을 떠올리기만 해도 그는 목구멍에 생선가시가 박힌 사람 마냥 아프고 답답해, 숨쉬기가 힘들 지경이었다.

그럴 때마다 선미 아버지는 불 꺼진 무남독녀 방문 앞에 쪼그리고 앉아 어깨를 들먹이며 흐느꼈다. 문득 딸마저 잃어버리게 될까 그는 한없이 두려웠다.

선주의 욕심으로 격군이 무리한 출항을 결심했다는 사실은, 세상에 선미 아버지와 저세상에 마도로스 천 그리고 나밖에 모른다.

흰여울길

끝과 시작

초승달 외로이 떠있는 영도다리 난간 잡고 울 적에
술 취한 마도로스 담뱃불연기가 내 가슴에 날린다

이슬비 내리는 낯설은 지붕 밑을 헤매 돌며 울 적에
저 멀리 날아가는 갈매기 불러도 대답 없이 갔느냐

새파란 별빛이 떠도는 물에 내 고향 꿈만 서럽다

지금 영도다리 밑에서 〈고향의 그림자〉를 노래하는 사람
은 남태평양 사모아에서 의지를 갖고 형제를 찾아온 아이가
석이다. 그가 여기서 노래한다는 것은, 어린 시절에 삼촌이
라 불렀던 뱃사람 이영도를 기억하는 일이다.
　그러니까 석은 다중(多衆)에게로 추억의 체험을 나누고 있

다. 나누고 있는 그의 얼굴과 온몸에, 푸른 하늘과 바다의 기운이 해맑게 어린다.

어제 석이 형제를 찾은 덕분에 오늘 영선이의 모든 것은 풍요롭다. 그의 출몰에 없는 듯 있어 왔지만 있어도 없는 것 같던 아버지의 존재감이 너울처럼 밀려든다. 영선이는 기쁨에 몸을 떨며 석의 노래를 듣고 있다. 영선이는 영도다리 밑에서 만났던 봉래산 할매처럼 내일을 점치고 싶어진다.

'아마도 석은 위대한 툴라팔레가 될 것이다.'

툴라팔레 석이 노래하는 것은 옛날과 지금이라는 시간뿐만 아니다.

형제의 섬, 형제의 바다, 형제의 다리, 형제의 시장……. 그가 자유의지를 갖고 체험하는 이 모든 형제의 공간까지 아낌없이 나누려 노래할 것이다. 그 노래는 짜고 비린 사람의 공간을 가로지르며 튼튼한 다리를 놓거나, 흰여울길보다 맑은 길을 내며 세상에 끊임없이 흐를 것이다.

"석, 아버지가 어떻게 돌아가시게 되었는지…… 나 몹시 궁금해요."

"영선 씨, 나도 그것은 자세히 모릅니다. 이영도 삼촌이 돌아가셨을 때 나는 어렸고, 자라서 우리 아버지께 여쭸을 땐 그 해에 커다란 윌리윌리가 있었다고만 말했거든요."

"석, 아무래도 내가 사모아 섬으로 가야겠습니다. 유가족이라는 것을 확인하고 절차를 밟아서 아버지를 고향으로 모시고 와야 하겠습니다."

"아……. 우리 사모아 섬으로 함께 가요. 뜻하는 대로 이루어지게끔 최선을 다해 나도 거들겠어요. 우리 아버지와 이영도 삼촌처럼 나와 영선 씨도 형제니까요."

영선이가 다른 세계로 옮겨가는 이야기, 영주가 이제까지는 전혀 몰랐던 새로운 현실을 알게 되는 이야기가 시작되고 있다. 나지막한 흰여울길 담장 위에, 나는 날개를 접으며 웅크리고 앉는다. 새벽바다는 제 빛깔을 해무에 잠시 내준 듯 탈색되어 보인다.

숨이 끊어지기 전에 아버지갈매기가 그랬다.

아들아, 떠나는 것을 두려워말아라. 이 바다를 떠나있어도 너는 부산갈매기다. 쉼 없이 사랑을 실천해라.

아버지, 사랑이 뭡니까?

그러나 아버지갈매기는 이미 더 말할 수 없는 상태였다.

사람의 말을 배우고 싶어 하는 아버지갈매기를 기억하는 것은 사랑이다. 사랑은 영도바다를 물빛 바람으로 갈매기가 종일 시를 쓰는 바다 되게도 한다.

해 돋을 무렵 흰여울길의 어느 집 대문이 열리고, 큰 배낭을 멘 영선이와 아이 석이 나란히 나와 선다. 썩 잘 어울리는 군인머리스타일을 한 영주도 뒤따라 나온다. 이른 아침에 영도댁이 그들보다 늦게 기다란 마당 같은 흰여울길로 내려선 날은 오늘이 처음이다.

그 집의 옆집 문을 열며 나오는 선미도 보인다. 그들은 두런두런 이야기 나누다 간간 웃으며, 흰여울길 끝까지 나란히 걸어간다.

떠나는 이가 있고 기다리는 이가 있다. 떠나는 공간은 그래서 돌아오는 공간이 될 수 있다.

누가 떠나가는가, 누가 돌아오는가.

바람 드세어 시린 가슴 푸르게 흔들리는 날에
남태평양으로 가는 길목에 서서 기다리는 사람이 있습니다
그녀가 굳세게 뿌리박은 곳이란 부산에 영도봉래산(影島蓬萊山)
굽이를 에워 돌고 비탈을 한참 내려가다 수없이 감돌고 휘돌며 여울져온
'흰여울길'입니다
물에는 물길 바람에는 바람길 마음에는 마음길,

해돋이 무렵에 새 수건을 빨랫줄에 넙니다
그 순간에는 바람도 갈매기도 침묵이옵니다
기도를 올리고 있는 찰나이기 때문입니다

기억한다는 것은 사랑한다는 것
기다림이 있는 공간 쪽으로 누구라도 돌아올 것입니다
봉래산 할매 눈에 안 보인다고
어느 한 사람 밉다 하시면 아니 되옵니다

나도 벽두의 하늘을 향해 갈매기 날개를 펼친다. 천천히
해무가 걷히며 파도소리를 앞세운 또 다른 길 하나가 서서히
보이기 시작한다.

흰여울길

이보라 지음

발행처·도서출판 **청어**
발행인·이영철
영 업·이동호
홍 보·최윤영
기 획·천성래 | 이용희
편 집·방세화 | 원신연
디자인·김바라 | 서경아
제작부장·공병한
인 쇄·두리터

등 록·1999년 5월 3일
(제321-3210000251001999000063호)

1판 1쇄 발행·2017년 1월 1일
1판 1쇄 발행·2017년 1월 10일

주소·서울특별시 서초구 효령로55길 45-8
대표전화·586-0477
팩시밀리·586-0478

홈페이지·www.chungeobook.com
E-mail·ppi20@hanmail.net
ISBN·979-11-5860-458-5(03810)

이 도서의 국립중앙도서관 출판시도서목록(CIP)은 서지정보유통지원시스템 홈페이지
(http://seoji.nl.go.kr)와 국가자료공동목록시스템(http://www.nl.go.kr/kolisnet)에서
이용하실 수 있습니다.(CIP제어번호: CIP2016028003)